LA MAISON DES HOUCHES

DU MÊME AUTEUR

Les Secrets de la forêt, Robert Laffont, 2010
Les Enfants de l'hiver, XO, 2009
La Malédiction des louves, Robert Laffont, 2008
Et l'été reviendra, Robert Laffont, 2008
Le Chat derrière la vitre, L'Archipel, 2008 ; De Borée, 2010
Nous irons cueillir les étoiles, Robert Laffont, 2007 ; Pocket, 2009
La Peste noire, XO Éditions, 2007 ; Pocket, 2010
Le Roi chiffonnier
La Conjuration des lys
Juste un coin de ciel bleu, Robert Laffont, 2006
Les Âmes volées, Fayard, 2006
Le Porteur de destins, Seghers, 2005 ; Pocket, 1994 (prix des Maisons de la presse ; prix du Printemps du livre de Montaigu ; Grand Prix littéraire de la Corne d'or limousine)
Les Colères du ciel et de la terre, Robert Laffont, 2005
Le Dernier Orage ; Pocket, 2008
La Montagne brisée, Pocket, 2007
La Couleur du bon pain, Robert Laffont, 2004
Des enfants tombés du ciel, Robert Laffont, 2003 ; Pocket, 2009
Une vie d'eau et de vent, Anne Carrière, 2003
Lumière à Cornemule, Robert Laffont, 2002 ; Pocket, 2005
Le Voleur de bonbons, Robert Laffont, 2002 ; Pocket, 2004
Dernières nouvelles de la terre, Anne Carrière, 2001
Maisons au cœur, Robert Laffont, 2001
Le Silence de la Mule, Robert Laffont, 2001 ; Pocket, 2004
Un jour de bonheur, Pocket, 2001
Lydia de Malemort, Robert Laffont, 2000
L'Heure du braconnier, Pocket, 2000
La Nuit des hulottes, Robert Laffont, 1999 ; Pocket, 2006 (prix RTL Grand Public)
Les Frères du diable, Robert Laffont, 1999
L'Or du temps, Robert Laffont, 1998
La neige fond toujours au printemps, Robert Laffont, 1998 ; Pocket, 2003
L'Année des coquelicots, Robert Laffont, 1996
Ce soir, il fera jour, Robert Laffont, 1995
Un cheval sous la lune, Robert Laffont, 1994
Les Chasseurs de papillons, Robert Laffont, 1993 ; Pocket, 1994 (prix Charles-Exbrayat)
Le Roi en son moulin, Robert Laffont, 1990

GILBERT BORDES

LA MAISON DES HOUCHES

belfond
12, avenue d'Italie
75013 Paris

ISBN : 978-2-7144-4630-5

— Franchement, tu n'es qu'un emmerdeur !

Alain Bessette se tient debout face à son père assis sous la charmille. C'est le début du mois de juin, et depuis plusieurs jours il fait beau. Pas le moindre nuage ne vient tacher le ciel d'un bleu profond sur lequel se dessinent, à l'horizon, le majestueux mont Blanc coiffé de son chapeau de neige et les aiguilles qui l'escortent. Lucien Bessette ne quitte pas des yeux ce paysage, cadre de toute sa vie.

— Le Dr Marchaud dit que tu es gravement malade et que tu ne peux plus rester seul, insiste son fils.

— Qu'est-ce qu'il en sait, le Dr Marchaud ? Et puis si je meurs qu'est-ce que ça peut faire ?

Alain se retient de répondre : « Rien ! » Que son père meure seul dans cette maison ou ailleurs lui importe peu. Il fait simplement ce qu'il faut pour ne pas s'attirer de reproches. C'est la première fois qu'il revient à Lumeret depuis la mort de sa mère, l'automne dernier. Il n'a pas oublié les larmes de cette femme dévouée, ses prières pour que revienne celui qui l'avait quittée. Chaque soir, à l'heure du dîner, elle mettait cinq assiettes sur la table, puisque la grand-mère Élise vivait là. Alain entend encore cette vieille aigrie grommeler de sa voix d'homme : « Ma pauvre Claire, tu crois que ton Lucien va revenir ? C'est un Bessette, ne l'oublie pas ! » Élise avait raison : l'assiette de l'absent resta vide cinq années durant.

— Tu es malade, tu comprends ? Très malade, renchérit Alain. Le médecin est formel : tu ne peux plus rester ici !

Il va et vient sous la charmille face à son père toujours assis, la casquette abaissée sur le front.

— De toute façon, il va bien falloir que tu partes. On a décidé de vendre la maison.

Lucien accuse le coup, puis relève sa casquette. Ses petits yeux clairs brillent d'une rage contenue. Il ne peut pas s'opposer à la vente si ses enfants l'ont décidée : la propriété de Lumeret appartenait à Claire.

— Vous voulez vendre ? demande-t-il comme s'il avait mal entendu.

— Parfaitement. Pour t'obliger à aller dans une maison de retraite.

— Et puis quoi encore ?

— Mais enfin ! Tu ne comprends pas que tu peux retomber d'un instant à l'autre ? Et que tu as déjà eu beaucoup de chance ? Si Josette Pélerin ne t'avait pas trouvé étendu devant la maison, tu serais mort !

— Tu sais, réplique le vieil homme sur un ton apaisant, la mort, c'est une question d'habitude. Je l'ai vue tant de fois me regarder et me tendre la main qu'elle ne me fait plus peur. Pour moi, c'est comme une vieille copine !

Quand son père a quitté la maison, Alain avait douze ans, et sa sœur huit. Comme Lucien voulait à tout prix faire de son fils un guide, pendant les vacances, il l'emmenait toujours en escalade. Résultat : devenu dentiste à Chamonix, Alain déteste la montagne. Longtemps, il a même tenté de s'installer dans une ville proche de l'Océan afin de fuir ses souvenirs d'adolescence, qui ne le laissaient pas en paix.

— J'ai vu Jacques Pélegret, le directeur des Prés d'Or, dit-il en montant dans sa voiture. Il te garde une chambre pendant quelque temps. Alors décide-toi vite !

Il claque la portière, fait demi-tour et s'engage dans la descente. Le véhicule s'éloigne, puis rejoint la route départementale en direction de Chamonix. Le silence revient, ponctué par les sonnailles des vaches dans le pré en contrebas. Une fois seul, Lucien laisse éclater sa colère. C'est un petit homme très maigre, le nez aquilin, les joues creuses. Ses jambes arquées, son pas régulier au léger dandinement rappellent le varappeur habitué à marcher de longues heures d'affilée.

— Il me casse les pieds avec ses airs de donneur de leçons ! On a tout de même le droit de choisir la fin de sa vie ! s'écrie-t-il.

Il caresse la tête de son chien et se dirige vers l'âne, qui tend son long museau par-dessus la clôture.

Le village des Houches est tout en longueur, bordé par l'Arve et la route de Chamonix. Les deux maisons de Lumeret se trouvent sur un mamelon rocheux, au bout d'une voie tortueuse partant de la place de l'Église. Ici, l'été tarde à venir, et les nuits sont encore très froides. Par temps clair, le gel forme des paillettes de glace sur la surface immobile de la mare et, le matin, fige les flaques d'eau dans les fossés.

— J'ai pas de nouvelles de la gamine, murmure Lucien en rentrant chez lui.

Sur le fauteuil, un gros chat noir lève sa tête aux grands yeux jaunes, s'étire, saute par terre et vient se frotter aux jambes de Lucien.

— Galopin, laisse-moi tranquille ! Tu vois bien que je suis occupé !

Le vieil homme prend ses clefs de voiture sur le buffet, à côté du téléphone et de la photo en noir et blanc le représentant avec Claire le jour de leur mariage. Tout en repensant à la colère de son fils, à sa rancune tenace, il jette un long regard au cliché, puis passe au garage par l'escalier du couloir et sort sa voiture.

— Tony, monte, dit-il à son chien.

L'animal s'assoit près de lui, fier comme un homme. Depuis la ferme voisine, Josette Pélerin voit le véhicule rouler vers les Houches.

— Quel homme insupportable, ce Lucien ! dit-elle à son mari. On lui a pourtant assez dit qu'il ne devait plus conduire, qu'il pouvait avoir une attaque au volant ! Mais cette tête de mule n'écoute personne !

Sur la route tortueuse, où deux voitures peuvent à peine se croiser, il roule assez vite. Il n'est pas d'ici, il est né aux Contamines, dans le val Montjoie, tout près de l'aiguille de la Bérangère. Mais c'est un homme de la montagne ; il étouffe au-dessous de mille mètres. Depuis qu'il a été mis à la retraite en 2000, il évite de parler de ce qui a été toute sa vie : l'ascension, les courses les plus difficiles avec son inséparable ami Armand Dubos, le porteur qui jamais n'a pu devenir guide à cause d'une fracture mal remise à la jambe droite.

Lucien peine à comprendre ce qui lui est arrivé voilà maintenant une semaine. Il était chez lui, dans son potager, il fumait une cigarette près du lilas qui commençait à fleurir. Il regardait le ciel en se disant que le temps serait bientôt favorable pour une « grosse », l'ascension du Moine, de la Verte ou du Grand Dru, réservée aux meilleurs. Tout à coup, il a eu l'impression de quitter le sol, de voler, léger comme une feuille morte emportée par le vent. Devant lui, le mont Blanc se déformait, les aiguilles dansaient comme autrefois les filles au soir du départ des troupeaux vers les alpages. Puis la nuit est tombée en plein midi. Et Lucien s'est réveillé à l'hôpital, nu sous un drap, une perfusion dans le bras. Devant lui, Alain et Pauline étaient assis sur des chaises blanches.

Il se souvient de ses premières paroles :

— Et la gamine ?

— Elle va bien, a répondu Pauline.

— Elle a repris l'école ?

— Non, mais ne te tracasse pas.

Si, il se tracasse. Justement. Son unique petite-fille ne vient plus le voir depuis la mort de Claire, et il s'ennuie sans sa libellule aux ailes si fragiles, que la moindre contrariété peut briser.

Après une semaine d'hôpital, Lucien était sur pied et pouvait rentrer chez lui. Les médecins lui avaient interdit de fumer et de boire plus d'un verre de vin par jour. *Comme si j'allais les écouter ! Si tu les laissais faire, ils te mettraient à l'eau et au pain dur ! Tu pourrais mourir de soif qu'ils s'en foutraient ! Il faut que je voie Armand.*

Avant d'arriver à Chamonix, il prend une petite route qui serpente à flanc de montagne jusqu'à une maison à l'immense toiture savoyarde. Un fox blanc vient tourner autour de sa voiture en aboyant.

— Mais c'est le Lucien ! s'exclame Armand Dubos en accueillant son visiteur.

Comme Lucien, Armand n'est pas très grand, mais sa pratique de la montagne lui a laissé à lui aussi des épaules solides. Il vit là depuis qu'il a pris sa retraite, avec sa femme Marie et son dernier fils, Bernard, âgé de vingt et un ans.

— Comment tu vas, mon bon ami ? J'ai appris que tu avais fait une attaque ?

Les deux hommes se serrent la main et entrent dans la maison. Lucien salue Marie, une petite femme maigre aux cheveux blancs, très active et toujours souriante.

— L'intersaison ne vaut rien pour la grimpe. Le printemps et l'automne, c'est du pareil au même, mais tu as vu le temps ? demande Armand en sortant du placard une bouteille de vin et deux verres. Dans une quinzaine de jours, ça sera bon pour les grosses !

— Arrête de penser à ça, l'interrompt Marie. Tu te fais du mal pour rien.

Son mari soupire. Une nouvelle saison va commencer sans lui. Du bistrot L'Escalade, il verra les cordées partir vers le

Montenvers et la mer de Glace, le refuge de la Charpoua ou du Couvercle, et il aura envie de pleurer. Perdu dans ses pensées, il reprend :

— La montagne, quand elle te tient, c'est pire qu'une femme. Enfin, j'ai de la chance, Bernard prend la relève. Il a fait la saison dernière comme porteur parce qu'il est trop jeune pour être guide. Le Martin de la Léa m'a dit qu'il se débrouillait bien.

— Moi, on m'a raconté qu'il n'y avait pas mieux que lui dans les passages les plus difficiles. Un véritable équilibriste, ton fils, ajoute Lucien en souriant.

Armand comprend qu'évoquer Bernard est pénible pour Lucien, qui n'a jamais réussi à donner à Alain le goût de la haute montagne, aussi change-t-il de sujet :

— Alors, dis-moi, comment tu vas depuis ton retour de l'hôpital ?

— Très bien. Pourtant, il paraît que si je fais un effort je peux tomber et crever comme une bête !

— Tu te rappelles la dernière fois qu'on a fait la face ouest des Drus avec les Américains qui se moquaient de nous parce qu'on s'était agenouillés devant la madone ?

— Ils ne se sont pas moqués longtemps. C'étaient des vrais montagnards, et ils savaient qu'on ne triche pas, qu'il faut parfois de la chance pour s'en sortir !

Marie prend son chapeau de paille et sort. Les Dubos possèdent une petite ferme qui leur permet de subvenir à leurs besoins. Malgré ses douleurs au dos, le porteur à la retraite cultive des légumes et entretient une basse-cour de volailles et de lapins.

— Tu te souviens de la fleur des neiges qui poussait à côté de la madone ? demande soudain Lucien.

Armand lève un regard curieux vers son ami, qui abaisse sa casquette sur ses yeux clairs.

— Si je m'en souviens ! On disait que c'était un miracle qu'elle puisse pousser là.

— Eh bien, à ce propos, il y a une chose que je t'ai jamais dite parce que j'en avais honte…

Lucien se tait un instant, songeur, et Armand remplit de nouveau les verres en lui jetant un regard intrigué.

— Écoute, je vais crever bientôt. Alors, il faut que tu me rendes un ultime service.

— Tout ce que tu veux, mon bon Lucien. Tu sais bien que je ne peux rien te refuser !

— Voilà, je veux faire le Dru pour la dernière fois.

— Mais qu'est-ce que tu racontes ! Tu sais bien que c'est impossible !

— Si, à tous les deux, on peut y arriver.

Armand vide son verre d'un trait, comme pour couper court à la conversation.

— Lucien, tu sais bien qu'on peut pas ! Si tu veux crever au premier lisse, c'est ton affaire, mais ne compte pas sur moi pour t'accompagner.

Lucien vide son verre à son tour et se lève.

— Je pensais que je pouvais compter sur un ami, un frère…

— Tu peux compter sur moi pour tout, mais pas pour monter là-haut. Je veux pas que les collègues viennent chercher nos carcasses. On doit leur épargner une course où les corbeaux seraient en train de nous bouffer les yeux comme si on était de vulgaires charognes !

Ils pensent tous les deux à ces tristes cordées destinées à récupérer un collègue tué par la foudre ou écrasé par une chute de rochers et mesurent à quel point leur métier était dangereux.

— Tu n'as pas la santé pour ça, mon bon Lucien. La montagne pourrait se vexer qu'on la respecte si peu et nous le ferait payer. Tu sais que j'en rêve autant que toi, mais quand on a décroché faut se dire que c'est pour de bon !

Lucien sort sans rien répondre, salue Marie qui revient du potager, monte dans sa voiture et s'en va. Armand Dubos se demande si son ami a bien toute sa raison.

— Va savoir, avec les cochonneries qu'on lui a fait avaler à l'hôpital, dit-il à sa femme étonnée par ce départ précipité. Je l'ai vexé, mais je pouvais pas lui parler autrement.

— Qu'est-ce qu'il veut monter faire là-haut ?

— Il m'a assez raconté que c'était là, au pied de la madone, qu'il avait demandé à Claire de l'épouser. Le pauvre vieux s'ennuie, c'est tout !

J'allais oublier la gamine ! Un cadeau la ferait peut-être revenir à Lumeret ? Lucien se gare sur la place Balmat, non loin du bureau des guides de Chamonix, où il n'est pas entré depuis son départ forcé à la retraite. Il passe devant le bistrot L'Escalade, jette un regard curieux à l'intérieur. Personne n'est accoudé au comptoir et tant mieux, parce qu'il n'aurait pas résisté à la tentation d'entrer boire un verre. Il a une chose importante à faire, mais ce n'est pas facile.

Il passe plusieurs fois devant la parfumerie sans oser en pousser la porte. *Je vais avoir l'air de quoi ?* Puis il se décide. *Après tout, je leur dois rien !* Une grosse vendeuse aux lèvres épaisses l'accueille, surprise de voir ce papy à casquette entrer dans un magasin destiné à une autre clientèle.

— Je cherche quelque chose pour ma petite-fille, déclare Lucien pour dissiper le malentendu que sa présence incongrue en ces lieux pourrait susciter.

— Et qu'est-ce qui lui ferait plaisir ? demande la femme aux grosses lèvres.

— Je ne suis pas spécialiste…

— Quel âge a-t-elle ?

— Dix-huit ans.

— Alors ce parfum subtil ne pourra que la séduire…

« Séduire. » Le terme lui semble ambigu. Qu'est-ce que cette employée va s'imaginer ? Qu'il veut s'attirer les bonnes grâces d'une jeune femme ? Après tout, aucune importance, même si ça le gêne.

— Ou alors il y a cette mallette de maquillage, mais c'est un peu plus cher.

— Oui, je crois que c'est mieux.

Lucien a hâte de quitter cette boutique où il ne se sent pas à l'aise. La vendeuse lui fait un paquet-cadeau, puis il regagne sa voiture et rentre à Lumeret, où il s'étonne de trouver Pauline qui bavarde avec Josette. La voisine explique à la jeune femme que son père prend beaucoup trop de risques.

— C'est qu'il est dangereux ! Il faudrait mettre sa voiture en panne !

Pauline embrasse son père.

— Alain vient de m'appeler, dit-elle sur un ton vif. Tu fais encore ta mauvaise tête ?

C'est une brune aux cheveux mi-longs, vêtue d'un tailleur beige, et sa distinction étonne Josette, qui a gardé le souvenir de la petite fille malingre qui passait devant sa porte pour se rendre à l'école aux Houches. Professeur des écoles à Argentière, Pauline habite Saint-Gervais avec son mari, Pierre-André Lamotte, notaire. Elle non plus n'a pas pardonné à Lucien, mais, comme Alain, elle considère désormais que son devoir l'appelle auprès de lui.

— Tu n'es pas prudent ! s'emporte-t-elle. En partant avec ta voiture, tu prends des risques et tu en fais courir aux autres !

Son père hausse les épaules.

— Alors toi aussi tu viens me faire la leçon ? Je sais : j'ai une place aux Prés d'Or, mais j'y suis pas encore !

— Qu'est-ce qu'on peut faire d'autre pour que tu te rendes à l'évidence ?

Pauline s'est un peu emportée, et Lucien change de sujet :

— Comment va la gamine ? demande-t-il avec une pointe d'anxiété dans la voix.

— Ça va.

À dix-huit ans, Sophie a coupé les ponts avec sa famille, des bourgeois réactionnaires, pour devenir ouvreuse au cinéma de Chamonix. La honte pour les Lamotte, qui rêvaient que leur unique héritière reprenne le flambeau.

— Tu lui diras que je veux la voir. Que j'ai un cadeau pour elle.

La jeune fille s'est installée avec un vigile de boîte de nuit qui a eu quelques démêlés avec la police, mais Pauline continue à lui téléphoner et à lui donner de l'argent en cachette. L'échec de sa fille lui renvoie le sien, et elle fait comme elle peut pour colmater les brèches tout en faisant bonne figure.

— Il faut que tu te décides. Quand tu seras aux Prés d'Or, tu seras suivi, les médecins te trouveront un traitement adapté et tu pourras vivre encore très longtemps.

Lucien baisse la tête, tel un taureau prêt à charger. Lui, l'homme libre, on veut l'enfermer pour qu'il continue à vivre ? Comme si ça avait de l'importance, qu'il continue à vivre coûte que coûte !

— Laisse-moi tranquille !

L'attaque de la semaine dernière avait en fait été précédée par d'autres, depuis la fin de l'hiver, mais comme ces simples absences n'avaient pas duré et que personne ne s'en était aperçu, il n'en avait pas parlé ; il redoutait plus le traitement que le mal.

— Ce qui m'est arrivé n'est pas grave. Si on écoutait les médecins, on passerait sa vie à se soigner.

— Quoi qu'il en soit, la maison va être vendue, et il faudra bien que tu ailles quelque part.

— Te fais pas de souci pour moi !

Pauline claque la portière de sa voiture, puis les pneus crissent sur les gravillons de la cour, et le bruit du moteur s'estompe, laissant la place à un silence pesant.

Commencer par le commencement ! décide Lucien, un sourire revanchard aux lèvres. Le soleil de juin illumine les pentes, mais des nuages clairs s'accrochent aux sommets, signe que le temps va changer dans les prochains jours.

Il traverse la cour et contourne le puits. D'après ce qu'on dit, le puits serait profond de plus de cinquante mètres, car l'eau ici est assez rare, malgré les pluies fréquentes. De nombreux ruisselets dévalent les pentes, gonflent l'Arve, mais l'eau ne s'arrête jamais, et la roche affleure sous une maigre terre sableuse. Lucien entre dans le potager, qu'il délaisse depuis la mort de Claire, et stoppe devant le petit chalet près d'une chaise blanche en plastique où, l'été dernier, il aimait s'asseoir pour fumer en écoutant la rumeur des montagnes. Près du siège, une pierre noire constellée de cristaux de mica brille au soleil en une multitude d'étoiles. Il l'avait trouvée près du torrent, sous une couche de mousse, et elle était tellement exceptionnelle qu'il l'avait rapportée sur son dos. C'était l'année de ses soixante ans. Dix ans déjà.

— Ah, je suis complètement pourri ? On va voir ça !

Lucien Bessette cale ses mains sous le bloc de granite et, serrant les dents (pas trop, car il redoute de casser son dentier, comme cela lui est arrivé un jour de grosse colère), tire de toutes ses forces. Une grimace déforme son visage et sa bouche, mais la pierre ne bouge pas, comme scellée au sol. Le vieil homme porte les mains à ses reins endoloris, se redresse, contemple longuement la rangée de charmes taillés à côté du puits, le clocher des Houches, la route nationale, l'Arve qui miroite au soleil et, plus loin, le balcon de Merlet, le Brévent, les aiguilles Rouges…

Il tente une nouvelle fois de soulever la pierre, qui ne bouge toujours pas. Des flocons duveteux flottent devant ses yeux. La tête lui tourne et le clocher des Houches se tord à la manière d'un peuplier secoué par le petit vent du nord.

Nom de nom…

Il attend un instant que les battements de son cœur se réordonnent. Les forces lui manqueraient-elles pour soulever une pierre que dans le temps il avait portée sur deux kilomètres sans s'arrêter ?

Dans ces conditions, pas la peine d'espérer grimper jusqu'à la madone du Petit Dru.

La surface étoilée du bloc en forme de cœur le nargue. Il se penche à nouveau dessus. La sueur roule sur son front plissé. En face, le mont Blanc l'encourage, dominant l'horizon tel un souverain, éclatant de soleil sur le bleu d'un ciel de fin de printemps.

Nom de nom ! Je les laisserai pas dire que le Lucien est fini !

S'il n'a pas réussi tout à l'heure, c'était à cause d'une arête tranchante qui lui coupait les doigts. Il fait un quart de tour, cherche une nouvelle prise. Très haut, un avion traverse le ciel avec un lointain roulement de tonnerre.

— Nom de nom, grogne-t-il en calant ses pieds de chaque côté du fardeau.

Il s'arc-boute, ferme les yeux pour chasser de son esprit la douleur. Des flocons dansent autour de lui, un étau broie sa tête. Cette fois la pierre amorce un glissement d'un ou deux centimètres sur la droite. Insensible au feu qui ronge sa poitrine, la respiration bloquée, Lucien redouble d'efforts. La masse minérale décolle enfin. Brisé, le vieil homme, se laisse tomber sur l'herbe. Il ne pense plus. Son chien lui lèche la figure à grands coups de langue.

— Laisse-moi, Tony, je suis mort.

Tony remue la queue face au mort qui se remet lentement sur ses jambes et regarde autour de lui. Pauline et Alain ont gagné. Lucien est bon pour la casse !

Le soir tombe, et une lumière éclatante court au ras des pentes. La montagne étincelle. Bientôt le soleil se cachera derrière le Prarion.

— On y va !

L'animal court devant dans le chemin creux qui descend vers les prairies situées au bord du Blanco, ce torrent qui se jette dans l'Arve aux Trabets. Le vieil homme allume une cigarette et inhale longuement la fumée, entre dans le chalet, s'assoit près de son matériel d'escalade, inspecte les cordes suspendues à un clou, son sac prêt pour la dernière course, celle à laquelle il pense depuis la mort de Claire.

— En hiver, la montagne ne rend pas ceux qu'elle prend. Et en juin le temps n'est pas sûr, c'est encore risqué d'attaquer une grosse, mais qu'est-ce que j'y peux ?

Il s'est adressé à son chien, qui le regarde, la tête légèrement penchée sur la droite, comme étonné.

— Putain d'attaque !

Il rentre chez lui. À la porte d'entrée, Galopin se faufile dans ses jambes pour passer le premier.

— Sacripant ! Tu viens d'où ?

Il fait une pause devant la télévision. En général, il ne l'allume que pour les informations. En soirée, car le matin il préfère sa radio. La télé lui tient compagnie. Il ne la regarde pas, mais les images qui défilent et les voix lui donnent l'illusion de ne pas être seul. Ce soir, il a la tête ailleurs. Et, comme le silence de la maison est plein de souvenirs qui le dérangent, il prend ses clefs de voiture, sa veste, et vérifie que son portefeuille est dans sa poche intérieure.

— Toi, tu restes là, dit-il à Tony, toujours prêt pour aller faire un tour.

La Clio verte descend la pente raide. Au village, elle s'arrête sur la place de l'Église, devant le bistrot de Léontine. C'est l'heure où les retraités se retrouvent pour jouer aux cartes et boire du vin. Ses copains habituels sont là : Jean Carbon, guide de quatre-vingts ans, Pierre Bradefer, facteur aux Houches et grand amateur de pastis, Léon Béorin, qui tenait une quincaillerie à Sallanches. Leur table couverte d'une toile cirée à fleurs rouges est réservée à l'année. Lucien n'est pas un joueur très régulier, mais il a toujours sa place parmi eux : son mauvais caractère quand il perd amuse tout le monde.

Ce soir, pourtant, le vieil homme multiplie les erreurs et oublie de tricher. Les autres échangent des regards entendus : depuis qu'il est rentré de l'hôpital, ce n'est plus le même homme.

— On dirait que tu as maigri ! fait remarquer Jean Carbon qui, lui, depuis qu'il ne court plus la montagne, a passablement grossi.

— Avec tout ce qu'ils m'ont mis dans le corps, un cheval en aurait crevé ! répond Lucien en allumant une cigarette.

— Ils t'ont pas dit d'arrêter de fumer ? demande Léon Béorin. Moi, quand j'ai fait mon *infractus*, ils me l'ont interdit !

— Et tu les as écoutés ? Si tu veux que je te dise, les médecins ils en savent pas plus que nous, mais ils nous tiennent par la peur. Moi, j'ai toujours fait comme je voulais, et je l'ai jamais regretté.

Tout en parlant, Lucien repense à cette sensation de voler qu'il a eue lorsqu'il était inconscient pendant son accident cérébral. Le souvenir s'est ancré en lui : il se sentait léger comme une plume, les distances n'existaient plus, et les années non plus, puisqu'il voyait son père, mort depuis vingt ans.

Il boit un verre de vin et en commande un autre. Ce soir, il n'a pas envie de réfléchir, il veut sombrer dans les délices de l'ivresse, oublier ce qui le tracasse. Le visage de Claire sur son lit de mort le harcèle, et la gamine n'est pas encore venue chercher sa mallette de maquillage. Maintenant, Lucien regrette son achat. *Peut-être que je la lui donnerai pas !* pense-t-il.

— Alors, qu'est-ce que tu vas faire ? l'interroge Béorin. Moi, j'attends la fin de l'été et je pars aux Prés d'Or. Paraît qu'on y est bien ! J'ai dit à ma fille : « Je veux bien y aller, à condition qu'on me laisse mon litre de vin. » Paraît qu'ils s'en moquent. Tu peux boire et fumer pourvu que tu te tiennes tranquille !

— Eh bien moi, j'irai pas. Je suis pas un veau qu'on mène à l'abattoir sans qu'il rechigne. Alain et Pauline veulent vendre la maison pour me foutre dehors, mais je me laisserai pas faire. Tu veux que je te dise ? Ils auront ma mort sur la conscience, et ce sera bien fait pour eux !

Parler ainsi lui fait mal, car au fond de lui il sait que tout le monde l'oubliera très vite.

— Tu n'as pas raison, Lucien, intervient Pierre Bradefer, dont les yeux larmoient constamment. Tu es costaud, et en te soignant tu pourrais vivre encore quelques belles années !

— Franchement, vous me faites bien rigoler ! Vous avez la trouille, comme tout le monde. Moi, je pense au pauvre Jacquet, vous vous rappelez ? Il est mort à cent trois ans alors que les médecins l'avaient condamné dès sa vingtième année. Paraît qu'il avait le cœur plus gros qu'un chou !

— Et l'Alfred de la Léontine, hein, tu t'en souviens ? réplique Léon Béorin. Un costaud qui portait son sac de cent kilos sans broncher. Il a fait comme toi : il est tombé et il a pas voulu se soigner. Tu sais ce qui lui est arrivé !

— D'accord, Léon, concède Lucien, mais l'Alfred de la Léontine venait d'une famille où tous les hommes meurent comme ça, alors que moi…

— Toi, tu es comme les autres !

— Vous me faites chier ! dit-il en vidant son verre et en quittant sa chaise.

Lucien se réveille avec un mal de tête lancinant ; il se passe le visage sous l'eau froide. Le soleil brille et, dans la prairie en contrebas, perché sur un tracteur rouge, Roger Pélerin, le mari de Josette, fane le foin coupé la veille. Une agréable odeur d'herbe sèche emplit le vent, qui a tourné au sud. *Un temps idéal pour la pêche*, pense Lucien, qui s'apprête à sortir. *On va voir si je peux encore marcher comme avant ! À quatre-vingts ans, Pierre Allain faisait encore des grosses !*

Dans l'enclos de Roger, plus bas, les vaches se sont rassemblées près de la barrière et regardent d'un air narquois Lucien traverser la prairie avec Tony. Tous deux s'enfoncent dans un bois de bouleaux et de pruniers sauvages pour rejoindre, près du torrent, l'endroit exact où le vieil homme avait découvert la grosse pierre à la surface étoilée. Des cascades succèdent à des gours profonds où une eau cristalline déforme et amplifie les cailloux dorés du fond. Le vieil homme s'approche lentement, sans bruit, à pas retenus il glisse entre les branches, qu'il essaie de ne pas faire bouger. Il scrute les endroits où les truites devraient être à l'affût des insectes, et parcourt ainsi plusieurs dizaines de mètres sans apercevoir le moindre poisson.

C'est donc vrai, ce qu'ils disent à la télé ! Lucien s'est toujours méfié des spécialistes qui vous servent des boniments sous prétexte qu'ils ont des diplômes et qu'ils croient tout savoir. Mais là, il doit admettre que sa terre agonise. Les citadins qui envahissent les stations de ski salissent la belle eau de montagne, l'air, la terre. *C'est comme leurs porcheries. Autrefois, il y avait quelques cochons dans chaque ferme et ça ne gênait personne. Maintenant, ils en mettent des milliers au même endroit. Alors forcément ça empoisonne tout !*

Une légère brume flotte au-dessus des pentes et du bosquet, et le torrent rugit sous les sapins immobiles. Lucien se dirige vers le taillis derrière lequel se découpe la montagne souveraine. *Un temps à faire danser les chevreuils !* pense-t-il en suivant un sentier bordé de petits chênes et de bouleaux. À la démarche de Lucien, Tony comprend qu'il doit rester en arrière, et surtout ne pas grogner malgré les bruits qu'il entend. Depuis longtemps le vieil homme et son chien se comprennent sans un mot. Ils savent donner un sens à la brise, au frémissement des feuilles, et à l'infime palpitation d'un sol vivant.

Ils avancent en silence. Lucien a de nouveau quarante ans. En bordure d'une forêt d'épicéas, un lièvre alerté par un bruit se dresse sur ses pattes arrière, se tourne vers lui et s'enfuit. *Il en reste encore un, malgré l'étendue du désastre ! Dans quel monde elle va vivre, cette pauvre gamine ? De toute façon elle s'en fout !* C'est un constat douloureux ; Lucien a le sentiment de ne pas avoir su donner à sa petite-fille le sens des saisons. Elle ne sait rien de ce besoin d'étreindre la nature, de se mesurer à elle pour mieux la comprendre et la respecter. *Bah, c'est pas ma faute*, marmonne-t-il, *les Lamotte l'ont trop gâtée ! Ces gens-là ne pensent qu'à l'argent et ils se prennent pour les maîtres du monde ! Je voudrais bien la voir, la Marie-Odile, avec son rouge à lèvres, ses colliers et ses bagues sur la Blanche ou les Droites. Et son Louis, tout propre, myope comme une taupe, mais qui ne met pas de lunettes parce que ça fait pas beau ! Et Pierre-André, ce petit cochon rose, bien nourri…*

Lucien rentre chez lui, satisfait de sa longue promenade, preuve que ses jambes sont encore solides. *Je peux encore traverser la mer de Glace : mes bras ont soulevé la pierre, il m'en faut pas plus pour faire ce que je dois !* Puis ce qui le tracasse depuis sa première attaque remonte à la surface. *Va savoir, le toubib a peut-être raison. Je vais crever d'un coup, comme un lièvre qui reçoit une balle. Alors j'ai pas de temps à perdre !* Il grogne, passe dans la chambre en désordre, fouille dans son portefeuille, puis dans le tiroir de l'armoire où s'entassent de vieux papiers, des lettres et un petit coffret à bijoux. *Ce con d'Armand, tu crois qu'il pourrait pas venir avec moi ? À deux, ça nous prendrait pas plus d'une journée. Tout seul, à mon âge, faut bien en compter deux, et peut-être même le double !*

Un bruit de moteur dans la cour attire son attention. Ce n'est pas une voiture, mais un scooter aux accélérations stridentes. Lucien sort de la chambre et ferme la porte afin qu'on ne voie pas le lit défait, puis s'assoit sur sa chaise près de la table. Une jeune fille brune aux cheveux courts entre sans manières. Lucien sourit.

— Salut ! fait-elle en l'embrassant.

— Ah, la gamine ! Enfin, tu viens me voir !

Sophie porte un blouson de cuir et un jean moulant qui met en valeur son joli corps de dix-huit ans. Lucien ne le montre pas, mais cette visite le comble.

— Paraît que tu m'as acheté un cadeau ?

— Ah, ben toi alors…

Lucien sourit encore. L'appât de la mallette de maquillage a bien fonctionné, pourtant il se sent ridicule.

— C'est que…

— Maman m'a dit que tu avais un paquet pour moi. Tu me le donnes, dis ?

Il bredouille.

Sophie se tourne vers la porte. Un jeune homme filiforme se tient là, les mains dans les poches. Sa présence dérange Lucien, qui aurait préféré avoir sa petite-fille pour lui tout seul.

— C'est qui, celui-là ? demande-t-il sur un ton bourru.

D'emblée, le vieil homme éprouve de l'aversion pour ce garçon aux cheveux rasés. Il remarque sa grosse boucle d'oreille, et il ne peut s'empêcher de penser à La Vache qui rit. Quelle dégaine ! Un blouson trop long, et surtout ce pantalon très large dont l'entrejambe arrive aux genoux…

— Cédric, mon copain, dit Sophie soudain sur la défensive.

— Franchement ! s'exclame Lucien, qui ne sait pas comment exprimer sa pensée.

— C'est mon grand-père, il est comme ça, déclare Sophie à l'intention de Cédric. Un caractère de cochon, un ours qui ne supporte personne. Avant, c'était l'un des meilleurs guides de Chamonix. On s'entendait bien, tous les deux, quand je passais les vacances ici !

— Ça ne m'étonne pas, fait le garçon.

Sophie s'assoit en face de Lucien, pose ses coudes sur la table et commence :

— Mon petit grand-père, il faut que je te parle : tu sais que mon père m'a mise dehors ?

Cédric et Sophie échangent un bref regard qui n'échappe pas au vieil homme.

— On n'a rien. Pas un sou !

— On m'a dit que tu volais dans le portefeuille de ta mère, que tu lui avais pris sa carte bleue. Tu crois que c'est une façon de faire ?

Derrière Sophie, Cédric ne bronche pas. Il mastique son chewing-gum sans quitter le vieux des yeux.

— Écoute, grand-père, il faut que tu nous aides. Mille euros ça suffirait…

Lui qui croyait que sa libellule venait chercher son cadeau et qu'elle profiterait de l'occasion pour passer un moment agréable avec lui ! Il a toujours su la gâter et aller au-devant de ses désirs. Il pousse un profond soupir de désillusion.

— Tu crois que je trouve l'argent sous la queue de mon âne ?

— Allez, je sais que tu es riche. Mais tu es aussi radin.

Renfrogné, Lucien pose ses énormes mains sur la table.

— Partez vite, dit-il tout à coup, partez avant que je me mette en colère.

— Mais pourquoi tu le prends comme ça ? s'étonne Sophie en posant sa main sur son épaule. Je te demandais juste un petit service, rien de plus !

— Foutez le camp ! hurle Lucien en se redressant brusquement pour faire face aux jeunes gens.

Sophie recule vers la porte, et Cédric ne sait quelle attitude adopter.

— Viens, lui dit la jeune fille en le tirant par la manche.

Le scooter s'éloigne. Lucien tremble de colère. Sa libellule, la gamine, la seule qui ait encore une place de choix dans son cœur aigri vient de lui prouver qu'elle ne s'intéresse qu'à son argent ! Il serre les poings mais refuse une fois de plus de regarder la réalité en face. *Elle, c'est pas une mauvaise fille, c'est ce déculotté qui la pousse. Je sais pas ce qui m'a retenu de lui foutre mon poing dans la figure !*

Tony s'approche de lui en remuant la queue, et Lucien pose sa main sur sa tête chaude et douce, puis ses pas le conduisent au potager à l'abandon. La colère décuple ses forces. Il s'approche de la pierre étoilée, écarte légèrement les jambes, se casse en deux, l'attrape fermement des deux mains et grimace. Son effort le broie, ses articulations craquent et le bloc décolle, monte d'une bonne dizaine de centimètres avant de retomber avec un bruit sourd. Il se relève, les reins en feu. Un grand sourire éclaire son visage maigre. Cette fois, il a gagné.

Alors que Tony part en aboyant vers le chemin, Lucien entend au bas de la descente le bruit d'un moteur deux temps semblable à celui du scooter de Sophie. Il s'étonne de trouver la porte d'entrée ouverte alors qu'il se rappelle l'avoir fermée à cause des mouches qui pullulent avec les premières chaleurs. *La gamine sera revenue chercher son cadeau.*

Mais non. Le paquet est toujours à sa place, sur une chaise dans un coin de la grande cuisine. Dans la chambre, le tiroir de l'armoire est posé sur le lit. Les cinq billets de cent euros que Lucien gardait en réserve sous une pile de vieux papiers ont disparu.

— Nom de nom !

La gamine et son déculotté ont profité de son absence pour le dévaliser, le voler comme s'il était un vieillard quelconque, un étranger. À l'enterrement de Claire, Lucien avait cru que les larmes de Sophie étaient la marque d'une grande affection. À présent, il en doute. Il s'approche du téléphone, hésite à décrocher, puis se tourne vers son chien.

— À quoi bon avertir cet incapable de Pierre-André ? Je réglerai ça tout seul.

Comment est-ce possible ? Sa libellule, l'adorable fillette de dix ans qui pleurait lorsque son grand-père achevait une taupe prise au piège… Et le soir, devant la télévision, quand elle venait se pelotonner sur ses genoux et s'endormait, il n'osait pas bouger de peur de la réveiller et il prenait beaucoup de précautions pour la porter jusqu'à son lit… La gamine à qui il avait appris à reconnaître le chant des oiseaux, les bons champignons et les étoiles aurait-elle cédé la place à cette fille cynique ? Que s'est-il passé pour qu'elle devienne une telle furie, une voleuse ? Que cache sa révolte perpétuelle et ce regard inquiétant toujours en mouvement ? Pourquoi a-t-elle quitté l'école alors qu'elle était assez bonne élève ? L'indiscipline de Lucien serait-elle passée dans le caractère de sa petite-fille ?

— Viens, mon Tony. Si mes cinq cents euros peuvent la tirer de ses ennuis, tant mieux.

Il parle comme ça, mais il a un pressentiment, la quasi-certitude que ce petit vol cache quelque chose de grave. Que fait-elle de tout cet argent qui lui file entre les mains comme de l'eau ?

Il marche le long de l'enclos où Molette brait dans sa direction. *Bon, le temps est assuré pour quelques jours. Je vais tout préparer ce soir et je partirai cette nuit à trois heures du matin. Ce serait mieux d'aller dormir à la Charpoua, mais les curieux vont me poser des questions, et qu'est-ce que je pourrai leur répondre ?*

Un étourdissement l'arrête ; il trébuche sur les cailloux saillants. Un étau écrase sa poitrine, des flammes s'agitent devant ses yeux et sa tête bourdonne. Des flocons de neige dansent autour de lui, puis des étincelles. Le clocher des Houches se gondole, monte et descend comme si la terre se boursouflait. Les arbres sont agités de mouvements désordonnés. Son esprit se fixe sur une lumière lointaine, une étoile tout au bout d'un tunnel. Il s'affale sur le sol.

Josette Pélerin, qui l'a vu de son potager, court vers lui, le secoue, mais il n'a aucune réaction.

— C'est grave, dit-elle à son mari. Il faut appeler les pompiers.

Dix minutes plus tard, ceux-ci constatent que Lucien est victime d'une nouvelle attaque cérébrale. Sans un mot, ils le chargent dans leur véhicule.

— J'espère qu'on pourra le sauver, dit l'un des secouristes à Josette. Mais je ne sais pas dans quel état vous le retrouverez. Il faut prévenir ses enfants.

Au cœur du parc bien entretenu qui entoure l'office de Me Lamotte, un après-midi ordinaire s'achève. Pierre-André est à son bureau. Son père, Louis, se tient debout face à lui quand la secrétaire frappe à la porte et passe la tête dans l'entrebâillement.

— C'est à propos de votre fille.

— Que se passe-t-il ? demande Pierre-André, figé par un mauvais pressentiment.

— Le lieutenant Legrand souhaite vous parler.

— Passez-le-moi.

De la pointe de son index, Me Louis Lamotte effleure sa moustache blanche parfaitement taillée. C'est un bel homme malgré son âge, grand, encore svelte, vêtu d'un complet bleu ciel. Ses abondants cheveux blancs forment de larges ondulations sur ses tempes. Il lance à son fils un regard inquiet. Pierre-André est plus petit et légèrement enrobé. Son visage rond garde une expression juvénile, et ses cheveux courts de bon élève blanchissent prématurément. Fils unique, héritier de la plus importante étude notariale de Saint-Gervais, il a commis la faute d'épouser Pauline Bessette, professeur des écoles à Argentière, alors que la famille avait pour lui d'autres ambitions. Ce mariage a été l'une des plus grandes déceptions de sa mère, Marie-Odile.

— Allô, maître Lamotte ? Pardonnez-moi, mais il faudrait que vous passiez à la gendarmerie. C'est à propos de votre fille…

— J'arrive, répond Pierre-André, qui n'a pas besoin de plus de précisions pour savoir de quoi il s'agit.

Il pose vivement le téléphone. Louis lui jette un regard curieux et croit nécessaire de préciser :

— Ça ne peut plus durer comme ça ! Il va falloir agir !

Chez les Lamotte, depuis quatre générations, les hommes sont magistrats ou notaires, et les femmes médecins ou professeurs à la faculté. Or ce bel ordre est bousculé par la seule fille de la famille, qui en outre a hérité de ce que Marie-Odile redoute le plus : le caractère de Lucien Bessette. Ainsi le vice triomphe-t-il toujours de la vertu, et la mauvaise graine prolifère-t-elle avec plus de vivacité que la bonne.

— Tu veux que je t'accompagne ? propose Louis.

— Ce n'est pas la peine.

Pierre-André quitte son bureau pour rejoindre sa maison donnant directement sur la rue, en bordure du parc. Pauline est rentrée de l'école.

— Le lieutenant Legrand vient de m'appeler. Il faut que tu viennes avec moi.

— Qu'est-ce qui se passe ?

— Encore Sophie !

Il pousse un long soupir d'exaspération dans lequel Pauline devine les habituels reproches.

— Qu'est-ce qu'on peut pour elle, je me le demande, grogne Pierre André.

— Lui parler, il n'y a rien d'autre à faire !

— Mais on lui parle, on ne fait que ça, lui parler ! Et qu'est-ce que ça change ? Hein ? Tu veux que je te dise ? C'est la dernière fois que j'arrange les bêtises de ta fille ! Après, ça ne me regardera plus. C'est compris ?

— Et moi, tu veux savoir ce que je pense ? Le comportement de Sophie est une réaction contre l'immobilisme familial, contre ta mère qui n'arrête pas de lui faire la morale, contre ce milieu de paraître où la seule référence reste l'argent !

— Bien. Puisque c'est comme ça, tu te débrouilleras toute seule avec elle !

Ils partent. Pierre-André roule vite dans les rues étroites. Les limitations ne le concernent pas : les gens influents de la région le protègent. Dans son cabinet, de grosses sommes d'argent générées par la neige passent de main en main et lui confèrent un pouvoir dont il ne se prive pas d'user.

Le 4 × 4 s'arrête devant la gendarmerie.

— Je reviens, dit Pierre-André en ouvrant la portière, ce qui signifie qu'il veut être seul pour récupérer Sophie.

Pauline ne l'écoute pas et sort de la voiture.

Le notaire demande à parler au lieutenant de gendarmerie Legrand, qui le reçoit dans son bureau, dont il ferme la porte. Sophie est là, recroquevillée sur une chaise, et cache sa tête dans ses bras. Des tremblements agitent son corps comme si elle avait froid.

— Ne vous en faites pas, maître Lamotte, dit le lieutenant, il n'y aura pas de poursuites. Mais franchement, elle mérite une sacrée leçon.

Pierre-André demande à sa fille de le regarder ; elle baisse toujours la tête, et des sanglots retenus soulèvent ses épaules.

— Toi et moi, on va avoir une bonne explication ! s'emporte son père en la secouant.

— Ce qu'il faut, c'est la soigner ! précise Legrand. Elle a volé parce qu'elle n'avait pas de quoi se payer sa dose.

— Sa dose ?

Sans un mot, le lieutenant saisit avec autorité le bras de Sophie et remonte sa manche : à la saignée du coude, plusieurs traces de piqûres.

— Nom de Dieu…

Le notaire n'en revient pas. Jamais il n'aurait pu imaginer une chose pareille. Sa fille se drogue ! Qu'est-ce qu'elle aurait pu inventer de pire ? Puisqu'il ne comprend pas comment cela a pu arriver, il explose :

— Franchement, mais qu'est-ce qui t'a pris ? Tu n'as jamais manqué de rien, tu as eu tout ce que beaucoup de jeunes n'auront jamais ! Et toi, pour nous remercier, tu te détruis !

La colère l'emporte, et il pousse violemment Sophie, qui roule de sa chaise, puis il la frappe. Le lieutenant laisse faire : une bonne rouste suffit parfois à remettre les choses en place. Pauline, qui était restée derrière la porte, fait irruption dans la pièce.

— Tu vas arrêter ? crie-t-elle.

Elle se plante entre son mari et sa fille, qui gémit par terre et se protège la tête de ses mains. Le cri de la mère a éclaté comme une alarme dans une maison peuplée de paroles feutrées. Personne ne se sent plus tout à fait à sa place.

— Arrête ! hurle-t-elle encore en s'approchant de son mari qui lève de nouveau la main.

Elle se penche sur sa fille, lui caresse le front et murmure :

— C'est fini, viens, ma chérie, je suis là, il ne t'arrivera rien.

Sophie se relève lentement. Elle est un peu plus grande que Pauline. Son visage boursouflé par les larmes a encore les rondeurs de l'enfance, et ses yeux très clairs sont ceux de son grand-père maternel, des yeux qui ne supportent pas l'éblouissement de la neige.

— Viens.

Pauline entraîne sa fille à l'extérieur ; personne ne s'y oppose, et le planton leur ouvre la porte. Pierre-André parle un instant avec le lieutenant Legrand, lui propose de venir un de ces jours dans sa chasse de Frangy bien pourvue en gros gibier. Le gendarme lui assure qu'il s'est arrangé avec la vieille femme à qui Sophie a arraché le sac à main et qu'un cadeau de la part du notaire comblerait cette retraitée aux maigres revenus. Pierre-André signe un chèque et s'en va.

Il retrouve Pauline et Sophie debout à côté du 4 × 4 BMW, serrées l'une contre l'autre, tout à leur étreinte silencieuse. Lui n'aime pas les larmes et les situations de repli. Loin de ses parents, il aime jouer les fiers-à-bras et donner l'illusion d'un homme de caractère.

— Ça suffit, s'emporte-t-il. Montez.

— Pas question, répond Pauline. On prendra le car.

Il n'insiste pas car les regards des passants se posent sur eux. Sans un mot, il claque la portière de son véhicule et fait demi-tour.

La mère et la fille marchent dans la rue en se donnant le bras. Sophie baisse la tête, ses épaules sont toujours secouées de sanglots. Des tremblements l'agitent, elle claque des dents. Pauline garde le silence ; elle s'en veut de ne rien avoir remarqué. Puis elle s'arme de courage, considérant que l'échec de sa fille est avant tout le sien, et demande sur un ton dénué de reproche :

— Ça fait longtemps ?

— Un an, ou presque. Au début, c'était trois fois rien, et puis au fil des jours ça s'est aggravé.

— Il faut que tu te soignes.

Sophie ne répond pas, mais Pauline sent le bras de sa fille se contracter sur le sien.

— Qu'est-ce qui s'est passé ?

La jeune fille hausse les épaules. Comment répondre à une telle question ? Ça s'est passé, c'est tout.

— Écoute, reprend Pauline, qui mesure ses mots car elle ne veut pas rompre le lien ténu qui la relie encore à sa fille. Tu es en train de briser ta vie. Je suis là, je vais t'aider.

— Je sais. Tout le monde veut m'aider, mais il ne se passe jamais rien !

— Moi je te comprends, je suis ta mère.

Sophie relève la tête. La sueur roule sur son front mais elle reprend le dessus et lance à Pauline un regard accusateur.

— Non, tu ne me comprends pas !

Pauline regrette ses paroles : l'amour maternel est si compliqué à exprimer ! Les mots qui devraient être des caresses deviennent des coups de griffe, et les étreintes des gifles.

— Pardonne-moi si je t'ai fait du mal, murmure-t-elle. Je t'aime, tu comprends ?

— Dis surtout que tu ne veux plus d'histoires, comme papa. Que les bons bourgeois ne peuvent pas admettre d'avoir une fille camée ! Que je suis de trop dans votre vie. Allez, laissez-moi tranquille. Et si je me tue, c'est mon problème !

Pauline pince le bras de sa fille, qui grimace de douleur. Elle comprend bien qu'il ne faut pas céder à l'animosité, mais la tolérance a ses limites.

— Combien il te faut ?

— Trois cents euros.

Elle ouvre son sac à main et en sort des billets comme si elle avait prévu cette dépense.

— Tiens, maintenant tu sais que je veux ton bonheur, et pas le contraire. Mais il faut que tu perdes cette mauvaise habitude. J'ai une proposition à te faire.

Sophie prend l'argent avec une telle vivacité qu'elle griffe la main de sa mère, puis s'échappe en courant. Pauline ne cherche pas à la rattraper. Un peu plus loin, elle retrouve le 4 × 4 de Pierre-André, qui se doutait bien que la confrontation se terminerait ainsi. Pauline prend place à côté de lui, et il démarre vivement. Elle se trouve à la croisée des chemins, au pied d'un mur qui la sépare de sa fille ; elle ne peut plus reculer face à une décision cruciale trop longtemps différée.

Le gros véhicule se gare dans le parc, sous les marronniers fleuris à l'odeur entêtante et sucrée. Pierre-André regagne son bureau sans un mot. Quelques instants plus tard, Pauline ressort de la maison, jette un sac dans le coffre de sa Clio et s'assoit au volant aussi naturellement que si elle partait en classe.

Sur l'autoroute Blanche, qu'elle emprunte tous les jours, elle s'applique à aborder les virages en douceur, car le moindre geste irréfléchi, amplifié par le tumulte qui l'électrise, aurait des conséquences désastreuses. Elle se sent libérée, et en même temps écrasée par une foule de remords. L'impression de ne pas avoir été honnête, de ne pas avoir osé dire les choses lorsque c'était le moment la fait douter. N'est-elle pas une fois encore en train de jouer un rôle, n'agit-elle pas de la même façon que Sophie, pour qu'on s'intéresse à elle ? Quelques kilomètres plus loin, elle s'arrête, réfléchit un bon moment, puis entre dans Chamonix, où elle espère retrouver sa fille, qui a dû acheter sa dose d'héroïne. Apaisée, Sophie pourra peut-être l'écouter. Pauline laisse sa voiture près du cinéma où travaille la jeune fille et n'a pas longtemps à attendre avant que Sophie sorte d'un bar et s'engage sur le trottoir d'un pas alerte et léger. Pauline se montre.

— Écoute-moi. Il faut qu'on parle.

Sophie tourne vers elle un visage calme, décidé, déjà adulte. L'adolescente résignée qui pleurait devant son père a disparu.

— Encore toi ?

— Je voulais te dire… Je quitte papa et le clan Lamotte. Je vais habiter un petit appartement à Argentière, à côté de l'école. Ce serait bien si tu venais vivre avec moi. Toutes les deux, on pourrait s'entendre.

Sa fille ouvre de grands yeux étonnés. Jamais elle n'aurait cru cette mère toujours en retrait telle une domestique dans la maison Lamotte capable de faire une chose pareille.

— Qu'est-ce que tu racontes ?

— Je te dis que je quitte papa.

— Mais tu n'y penses pas !

— Si, j'y pense. Et même depuis longtemps. Je loue un appartement depuis bientôt un an, et je le meuble petit à petit.

Sophie dévisage toujours Pauline. Ses sourcils se froncent, et sa réaction surprend sa mère.

— Pauvre papa, c'est pas lui le pire !

Il y a une certaine affection dans sa voix, et Pauline s'en étonne, car sa fille n'est généralement pas tendre avec Pierre-André.

— Alors, tu veux venir habiter chez moi ? Monte, on y va.

Sans un mot, Sophie s'assoit dans la voiture. Un même sourire éclaire le visage des deux femmes, on dirait qu'elles découvrent une complicité qui leur a toujours manqué.

— T'en fais pas, on s'en sortira, toutes les deux ! dit Pauline en démarrant.

Se sortir de quoi ? De l'écœurement qui prend Sophie aux tripes chaque fois qu'elle revient dans le parc de la maison familiale ? Du sentiment que tout est artificiel, frelaté, que les gens trichent, se cachent derrière leurs belles manières et qu'elle ne veut pas de ce monde de dupes ? Ce à quoi elle s'adonne n'est pas plus condamnable que les actes des gens bien placés, ceux qui portent la Légion d'honneur ou même les chevaliers des Arts et Lettres ! Le plaisir d'un shoot est immense, magnifique, merveilleux. Comment pourrait-on s'en passer quand on l'a connu ? D'ailleurs, ceux qui blâment cette dépendance ne sont-ils pas les premiers concernés ? Beaucoup d'amis de la famille se droguent. Bien sûr, avec des substances de qualité, pas celles des petits revendeurs à la sauvette. La femme du Dr Marraut sniffe de la coke, tout le monde le sait, et personne ne s'en offusque ! Luc Marcel, l'architecte à qui on doit plusieurs stations branchées dans les Alpes, est incapable d'avoir une idée qui tienne la route s'il n'a pas sa dose, alors… Pendant la saison touristique, les dealers ont beaucoup de travail dans les stations huppées, ce n'est un secret pour personne ! Ah, mais ce plaisir, il ne doit pas être à la portée de tous ! Il faut en éloigner les pauvres, qui pourraient porter atteinte à l'ordre social, s'en prendre aux sacs à main des vieilles et même pire : piller les riches !

— Tu sais, on sera bien, toutes les deux, répète Pauline afin de s'en persuader elle-même. On ne se cachera rien. Je te dirai comment j'ai vécu avec ton père et à quel point ceux qui ne voulaient pas qu'on se marie avaient raison.

— Qu'est-ce que t'en sais ? Si ça se trouve, papa et toi vous auriez été très heureux ailleurs que dans la maison Lamotte où mon horrible grand-mère surveille tout.

— Et puis je t'aiderai à sortir du trou.

— De quel trou tu parles ?

— Mais de la drogue qui te tue !

— Ah, ça y est ! La drogue tue ! C'est ce qu'on dit aux minables qui n'y ont jamais touché. L'héro ne tue pas, non, au contraire ; elle donne des idées !

— Comment oses-tu parler de cette manière ? s'insurge Pauline, à bout d'arguments. La drogue conduit tout droit vers l'enfer ! Il faut en prendre toujours plus, et tu finis par en crever !

— Ma pauvre maman, franchement, tu es bien naïve !

La Clio stoppe au pied d'un immeuble cerné de tilleuls en fleur. Du silence des voitures à l'arrêt, de cette cour déserte émane un ennui palpable. Pauline récupère son sac dans le coffre.

— Tout est prêt, même ta chambre, dit-elle pour se justifier d'avoir un si maigre bagage. Viens, c'est au deuxième étage.

— J'en connais un qui va faire une sacrée tête ! répond Sophie avec un petit sourire.

L'ombre d'un vieil homme aux yeux bleus plane sur les deux femmes.

Lucien Bessette se demande ce qu'il fait dans cette chambre d'hôpital, puis la mémoire lui revient. Il revoit le clocher des Houches se gondoler, l'horizon le happer, et la plongée dans ce monde sans poids parmi les flocons de neige et les étincelles. Le Dr Marchaud entre ; le verdict tombe.

— C'est votre deuxième accident vasculaire cérébral en moins d'un mois. Les analyses sont mauvaises.

Lucien a envie de répondre par une grossièreté, mais s'abstient. Il serre les poings, frappé par l'injustice de la maladie. Pourquoi lui ? C'est vrai, il ne se soucie guère de ce qui arrive aux autres…

— À votre âge, il faut faire attention. Surtout pas d'effort prolongé ou violent, et suivre un régime strict. Vous allez devoir arrêter de fumer, et ne boire qu'un seul verre de vin par jour.

— Ah bon ? s'étonne Lucien en jetant un regard plein de colère au médecin.

— Oui, c'est contraignant, mais on ne peut pas faire autrement. Je crois que vous avez décidé d'aller en maison de retraite. C'est une bonne résolution. Là, on vous surveillera. Car une chose est certaine : vous ne pouvez pas rester chez vous.

Le Dr Marchaud sort. Lucien frappe les couvertures de son poing. *Personne ne m'empêchera de faire ce que je dois avant de crever !*

Il se hisse sur les coudes, regarde dehors par la fenêtre, cherche sa casquette ; la tête nue, il a l'impression que tout le monde peut voir ses mauvaises pensées. Dans la lumière rasante, les jeunes feuilles des peupliers luisent comme des pièces d'argent. Le soleil ne tardera pas à disparaître. La porte s'ouvre, Alain et Anne entrent. Son fils a un air grave qui vieillit son visage rond. Sa belle-fille fixe curieusement Lucien de ses grands yeux noirs, puis pousse un léger soupir. Alain se place près du lit et regarde son père avec intensité.

— Tu as encore eu de la chance...

Est-ce un reproche ? Lucien baisse les paupières, mais pas en signe d'humilité.

— Qu'est-ce qu'ils ont fait de ma casquette ? J'ai froid à la tête.

— ... donc tu vas rester ici quelques jours, le temps qu'on te fasse de nouveaux examens, poursuit son fils comme s'il n'avait pas entendu. Quand ils auront trouvé un traitement adapté, tu iras aux Prés d'Or. Bien sûr, il n'est plus question que tu conduises, c'est trop dangereux.

Lucien est humilié. Lui qui a vaincu l'éperon Walker dans les Grandes Jorasses se sent réduit à l'état d'un diminué physique et mental qui chercherait à se faire remarquer. La sentence vient de tomber ; le tribunal de la vie le condamne. Le voilà coupable de vieillesse ! Il doit donc être placé en sécurité dans une maison de retraite, dernier refuge de la liberté surveillée ! Il a soif. Un tremblement douloureux agite son ventre. Il se sent vide, une coquille d'œuf qu'un choc infime pourrait briser, et ça lui fait mal. Le sentiment de ne pas avoir fait son devoir le met face à une réalité insupportable.

— Tu m'entends ? demande Alain. Tu ne me regardes pas !

— C'est pour votre bien, ajoute Anne.

La bonne fille ! Lucien ne lui a jamais adressé la moindre méchanceté, même si sa docilité l'exaspère. Il a toujours apprécié sa gentillesse malgré la tristesse molle de sa voix et la pâleur de son visage. Mais là, sa douceur l'irrite. Il n'arrive pas à savoir ce qu'elle pense ; sa manière de vouloir toujours tout arranger témoigne d'une faiblesse qui l'horripile. *Si elle s'énervait un peu, j'arriverais mieux à la comprendre !*

— Je sais ! finit-il par murmurer.

— Faut pas t'en faire, poursuit son fils. Tu seras bien. On viendra te voir aussi souvent qu'on pourra. Et on te prendra avec nous le dimanche.

C'est ça : ils feront l'effort de le « prendre » quand ils n'auront rien d'autre à faire. Lucien doit-il remercier Alain pour cet inestimable sacrifice ? Il ravale sa colère et demande :

— Tony, Galopin et Molette, mon âne, qu'est-ce qu'ils vont devenir ?

— Josette a dit qu'elle s'en occuperait. Demain on leur trouvera une place dans un refuge. Pour Molette, te fais pas de souci, Josette est d'accord pour le garder.

Un refuge pour son chien et son chat ! Si on ne trouve personne pour les adopter, ils seront piqués ! Le monde ne s'embarrasse pas de ceux qui le gênent. Pourquoi ne pique-t-on pas aussi les vieux ?

Le couple quitte la chambre et referme la porte. Le vieil homme écoute les bruits du soir. Dressé sur son lit, il étouffe, maladroit, perdu à une place qui n'est pas la sienne.

Une demi-heure plus tard, la porte s'ouvre de nouveau, et Pauline entre, un sac en plastique blanc à la main. Ses cheveux courts agrémentés de mèches blondes étonnent son père. Elle a abandonné son tailleur classique pour une tenue à la Sophie : son blue-jean et son blouson en cuir noir la rajeunissent. Elle l'embrasse rapidement et murmure :

— Franchement, tu n'es pas prudent !

Lucien contemple sa fille avec insistance. Brune, les yeux clairs, elle est assez jolie malgré une silhouette un peu épaisse. Sa peau très blanche lui rappelle Claire. Pauline a hérité la forme de son visage, un peu rond, avec quelque chose d'enfantin.

— Il faut que je te dise… J'ai pris un appartement à Argentière, je demande le divorce.

— Ah bon ? Qu'est-ce qui se passe ?

— Je quitte Pierre-André, c'est tout !

Elle se lève, s'approche de la fenêtre et pousse un long soupir. Lucien l'observe de son regard perçant de vieux renard.

— Je ne pouvais plus, explique-t-elle. Et puis je veux m'occuper de Sophie, elle va très mal. Et ce n'était plus possible près de son père et de ses grands-parents.

Lucien fronce les sourcils. Il n'a jamais digéré le mariage de Pauline avec Pierre-André. Les Lamotte représentent tout ce qu'il déteste : la tradition bourgeoise, les fausses bonnes actions pour se donner la certitude qu'ils sont importants ; le paraître. Mais il n'en accepte pas pour autant le divorce de sa fille.

— Tu te rends compte de ce que tu fais ?

Pauline ne s'attendait pas à des remontrances de la part de son père, même s'il est toujours prêt à donner des leçons, à prêcher une morale qu'il n'a pas appliquée à la lettre.

— J'ai de qui tenir !

Lucien ne relève pas l'allusion. Le rocher qui s'érige entre lui et ses enfants lui semble incontournable. Il se profile dans l'ombre de chacune des conversations, monstrueux, derrière chaque mot, même le plus insignifiant ; il le sépare irrémédiablement d'eux.

— Mais parlons de toi, poursuit Pauline. Avec ce qui vient de t'arriver, tu ne peux plus reculer.

— Reculer devant quoi ?

— Tu ne peux pas rester seul à Lumeret, la preuve ! Tu comprends, maintenant, qu'on avait raison de se tracasser ?

— Moi, je sais ce que j'ai à faire. Mais toi, tu ferais mieux de réfléchir avant de te décider à la légère.

Pauline espérait vaguement qu'il la soutiendrait, que son animosité à l'égard des Lamotte le rangerait de son côté à elle. Mais voilà qu'il se replie sur ses convictions de vieil égoïste !

— La gamine est venue à Lumeret, l'autre soir, enchaîne Lucien. Avec son déculotté !

Pauline sursaute car elle sait très bien ce que Sophie est allée faire chez son grand-père. C'est la présence de son copain qui l'inquiète.

— Qu'est-ce que tu veux dire ?

— Que ces jeunes ont l'allure qu'on leur inculque. C'est vous, les parents, qui les poussez à faire n'importe quoi !

— Qu'est-ce que tu racontes ? Tu n'es plus dans le coup.

— Quand on se respecte, on s'habille correctement.

De nouveau le silence. Ils n'ont rien à se dire et redoutent de s'engager sur la voie des paroles blessantes. Lucien parle du temps vraiment très beau, de son potager, qu'il n'a pas eu le courage de cultiver, puis ajoute d'une voix lasse :

— Je suis fatigué. Il faut que je dorme un peu.

— Tiens, dit-elle en désignant le paquet blanc posé à côté de la chaise. Il paraît que tu as perdu ta casquette. Je t'en ai acheté une autre.

Elle l'embrasse et s'en va.

Lucien pense à ses animaux. Tony l'attendra couché devant la porte toute la journée et toutes celles qui suivront. *Brave Tony, il n'est plus tout jeune. Que de belles années nous avons vécues ensemble ! Ce n'est pas un chien de chasse au pedigree prestigieux, certes, mais c'est mon Tony, noir comme les bergers des Pyrénées, avec le bout de la queue blanc. Et ce corniaud débusque le renard et piste le chevreuil aussi bien que le meilleur des fox. Et puis cette intelligence que je vois dans ses yeux, sa résignation à une condition servile, ça me donne envie de le protéger.*

Galopin, c'est tout le contraire. Voleur, espiègle, tricheur, indépendant. Il dort quand il en a envie et se fait les griffes sur le fauteuil près de la cheminée. Galopin est le maître partout où il va. Un cynique ! Capable d'écouter chanter un bel oiseau avant de le déchiqueter.

— S'il parlait, ce serait un fieffé menteur ! murmure Lucien.

Depuis la mort de Claire, le chat et le chien ont pris une importance considérable dans sa vie solitaire. Ces deux paires d'yeux portant sur le monde un regard différent de celui des hommes lui sont devenues indispensables. Non, il ne les laissera pas emmener au refuge ! Pour qu'ils terminent leur vie dans des cages ? Pas question. On ne peut pas infliger une telle punition à ces pauvres êtres sous prétexte qu'ils ont la malchance d'appartenir à un vieil homme malade. Si Molette reste dans l'enclos où il a toujours vécu, Tony et Galopin doivent rester à Lumeret.

Une femme en blouse blanche entre, pose un plateau sur la petite table. Lucien détaille son repas : un bol de bouillon, un blanc de poulet avec de la purée, et une carafe d'eau. Le malade ne pense qu'à une chose : allumer une cigarette et boire un grand verre de vin. C'est interdit, raison pour laquelle il y pense. Comment supprimer la cigarette avec les copains, les petits verres au comptoir dans l'atmosphère si particulière du bistrot, ce climat si chaleureux, si humain, sans se priver du principal agrément de la vie ? Lucien a toujours aimé les bistrots qui échappent à la pesanteur du monde. Là, les masques tombent, les mots prennent tout leur sens, et pourtant ils restent en dehors du quotidien dont ils proviennent. Ils véhiculent une vie lointaine, comme au cinéma.

Il ne touche pas au repas. Allongé sur son lit, il demeure indifférent à la bonne odeur de la viande grillée. Le temps ne passe pas, ce même temps qui a filé d'année en année, de sa jeunesse à aujourd'hui. Printemps, étés, automnes et hivers se confondent dans son esprit pour devenir une seule saison : celle de son existence. La femme de service revient et s'étonne qu'il n'ait pas mangé.

— Ça ne vous convient pas ? demande-t-elle.

— J'ai pas faim. On verra demain ! Votre perfusion me tourneboule.

— C'est pour vous fluidifier le sang !

Sans insister, elle emporte le plateau. Lucien guette les bruits du couloir, le personnel qui échange quelques mots. Le va-et-vient des pas s'estompe. C'est dimanche soir, le service est réduit, et personne ne s'occupera de lui avant le lendemain. Il se lève. Une aiguille enfoncée dans son bras le relie à un goutte-à-goutte. Comment ce liquide transparent comme de l'eau peut-il garantir sa survie ? Il s'en fout ! D'un geste brusque, il arrache l'aiguille. Une violente douleur lui irradie le corps du bras à la poitrine. Il grimace puis, enfin libre, marche jusqu'à la fenêtre. La poignée est bloquée. Ses geôliers ont tout prévu : on ne s'échappe pas d'un hôpital.

Lucien retourne s'asseoir sur son lit, néanmoins fier de sa petite victoire : la perfusion arrachée, il est toujours vivant ! La douleur s'estompe et ses pensées s'éclaircissent. Vers minuit ou une heure du matin, les infirmières de nuit somnoleront, les couloirs seront déserts, et il pourra leur faire à tous le bras d'honneur qu'ils méritent. Le liquide de la bouteille s'étant déversé sur le drap, le malade dissimule sous la couverture l'auréole sombre et se remet au lit, éteint la lampe de chevet et attend, sursautant chaque fois que des pas approchent. Vers onze heures, la porte s'ouvre brusquement, une infirmière passe la tête dans l'entrebâillement et constate qu'il ne dort pas.

— Tout va bien, monsieur Bessette ?

— Tout va bien, répond le vieux, redoutant que la femme ne découvre le pot aux roses.

Elle jette un regard circulaire sans allumer la lumière, puis referme la porte en lui souhaitant une bonne nuit.

Lucien attend que le silence s'installe dans cette maison sonore comme un tambour. Les équipes du soir sont parties ; seuls restent les surveillants de nuit, qui feront sans doute une ronde plus tard. Les infirmières bavardent dans leur local ; Lucien repousse les couvertures et se redresse, le corps nettoyé du mal qui le pourrissait. Il s'habille à la hâte, entrouvre la porte : une lumière crue éclaire le couloir vide.

Merde, ma casquette !

Lucien fait demi-tour à pas prudents, puis revient vers le hall d'entrée désert. Sans réfléchir, il court jusqu'à la porte vitrée, qui grince légèrement en s'ouvrant, puis plonge dans la nuit.

Une fois dans la rue, il tâte les poches de sa veste : ses papiers sont bien à leur place. Les deux billets de cinquante euros cachés par précaution dans son portefeuille et pliés en quatre derrière son permis de conduire vont lui être très utiles. À la gare, il trouve un taxi. Le chauffeur reconnaîtra-t-il en Lucien un malade en goguette, un évadé de la médecine ? Le gros homme aux joues pendantes tourne vers lui un regard fatigué.

— Est-ce que vous pouvez me conduire aux Houches ?

— Ça devrait pouvoir se faire.

— Ma voiture est en panne, et il faut absolument que je rentre.

Le chauffeur lui fait signe de monter, puis le véhicule manœuvre, s'engage dans une rue éclairée et quitte la ville par une route que Lucien connaît bien. Pourvu que l'odeur de l'hôpital ne le trahisse pas ! *C'est quand même pas ces cons qui vont me dicter ma conduite !*

Lorsque Lucien arrive à destination, Tony lui fait la fête, et Galopin vient se frotter contre ses jambes.

— Te voilà, toi, sacripant ! Alors, d'où tu viens ? Tu préparais encore un mauvais coup ? Tu guettais le jambon sur la table de Josette ?

Le chat braque sur lui ses yeux ronds pleins d'une lumière jaune. Il ronronne si fort que Lucien se moque de lui :

— Tu nous fais un de ces boucans ! On dirait Roger quand il fait rouler ses tonneaux dans la cour !

Un braiment s'élève dans la nuit.

— Mais j'allais oublier mon vieux Molette !

La maison n'est pas fermée à clef. Lucien pousse la porte, allume, et contemple avec une infinie satisfaction la table qui trône au milieu de la grande pièce, et surtout le verre vide, la bouteille de vin entamée, l'assiette qu'il n'a pas débarrassée. Il s'empresse d'aller prendre un paquet de cigarettes dans sa réserve. La première bouffée lui procure un plaisir immense, et boire un verre de vin assis sur sa chaise bien-aimée finit de le requinquer.

Avec les saletés qu'ils fourrent dans leurs piqûres, tu ne sais plus sur quel pied danser ! Ce qui est naturel ne peut pas faire de mal.

Près de l'évier, Tony réclame à manger, alors que Galopin tourne autour des mollets de Lucien en leur donnant de grands coups de tête.

— Si j'ai bien compris, je vous intéresse parce que vous avez faim, hein ?

Le vieil homme se lève pour verser une boîte de pâtée dans l'assiette du chien. Galopin use alors de toute sa dextérité pour tenter d'y prélever du bout de la patte quelques bouchées, mais le chien ne se laisse pas faire et manifeste son mécontentement par un grognement. Entre eux règne une entente tacite que le chat a toujours tendance à remettre en question. Son maître finit par lui donner à manger. Fidèle à ses habitudes, Galopin renifle la nourriture et s'éloigne, dédaigneux.

Sur le pas de la porte, Lucien écoute cette nuit tiède, la rumeur de la montagne, les bruits d'insectes, le lointain roulement de la route nationale. La lumière de la lune embellit cet instant unique de liberté fragile, une liberté irremplaçable. *Mourir au début de l'été serait la pire des conneries !* pense-t-il en descendant les marches. Le silence du verger a quelque chose de souverain, d'immuable. Dans une allée du potager, il s'attarde un instant à contempler la voûte céleste pour en mesurer tout le mystère. Que cache cette poussière de mondes ? Il arrive à la pierre noire que la nuit a privée de ses étoiles.

Tony ne le lâche plus, tandis que Galopin se fait les griffes sur le tronc d'un pommier. La lune répand sa lueur argentée sur les toitures d'ardoise qui brillent comme des flancs de poissons. Lucien entre dans son chalet, nom fort pompeux pour cette cabane de jardin construite l'année de sa retraite. Il allume, puis éteint immédiatement : éclairer pourrait alerter les voisins.

Tout est là, et en bon état. Je vais mettre tout ça dans la voiture. Le temps presse. Si tout va bien, je serai aux Drus au lever du soleil, le meilleur moment pour monter par la voie Américaine. Personne n'aura l'idée d'aller me chercher là-bas.

Les phares d'un véhicule balaient la route qui monte entre les sapins. *Ce doit être Roger Pèlerin.* Mais la voiture ne poursuit pas vers la maison voisine ; elle vire brusquement, grimpe le raidillon et pile dans la cour. Le vieux guide n'a pas le temps de se cacher, les phares l'éblouissent.

— Mais qu'est-ce qui te prend ? Tu te rends compte de ce que tu fais ? s'écrie Alain.

Le voilà pris comme un gamin fugueur. *Franchement, ce n'était pas bien malin de revenir ici directement !*

— Je fais ce que je veux. Je suis encore maître de ma personne !

— Mais non, tu n'es pas maître de ta personne, tu ne comprends pas ça ? Allez, grimpe, on y retourne.

Alain se place derrière lui, comme pour prévenir une fuite potentielle. La colère contracte son visage.

— On a l'air de quoi avec un malade comme toi ? Où est-ce que tu voulais aller ?

— Ça me regarde ! crie Lucien.

— Un gamin, on lui mettrait une bonne raclée, on l'enverrait au lit sans manger et tout serait dit. Mais toi, qu'est-ce qu'on peut faire ?

De nouveau le comparer à quelqu'un qui n'a pas toute sa raison, un être inférieur, sous tutelle ! Le flot d'une sourde colère roule dans son vieux corps. Personne ne lui a jamais dicté sa conduite, et voilà que son fils le réprimande comme s'il était un enfant turbulent.

À l'hôpital, le fugueur se fait sermonner par M. Suzerin, le directeur, réveillé pour la circonstance par le Dr Marchaud et ses infirmières. Lucien reçoit les reproches sans un mot, en serrant les dents. Ses cheveux blancs broussailleux accrochent la lumière.

— Vous vous rendez compte du risque vous avez pris ? s'exclame Marchaud. Et s'il vous était arrivé quelque chose, hein ? Qu'est-ce qu'on aurait fait, nous ?

Il ne répond pas. Ces gens-là n'ont qu'une idée en tête : sauver les malades malgré eux. La vie reste leur seul objectif ; vivre coûte que coûte, vivre, même étendu sur un lit, inerte et sans voix. Le droit de mourir comme il le souhaite est refusé à celui qui n'a plus rien à faire sur terre. Plus rien, sauf…

— Bon, tranche Alain, tu suis les infirmières jusque dans ta chambre, et moi je vais voir si je peux venir te chercher demain matin pour t'emmener aux Prés d'Or. Et cette fois, tu ne t'en iras pas si facilement. Ne t'inquiète pas, ils sauront te calmer !

Le calmer ! Le rendre inoffensif ! Faire de lui un vieillard qui ne pense plus, qui reste bien sagement dans sa chambre. Un prisonnier chimique, menotté par de fortes doses de calmants ! Ce que la loi hésite à appliquer pour les délinquants ordinaires, elle l'ordonne pour les vieillards. Les redresseurs de torts veillent : si un médecin manque à son devoir, ils portent plainte.

— Tu entends ce que je te dis ? demande Alain en élevant le ton comme si c'était lui le père.

— Il faut s'occuper de mes bêtes.

— T'en fais pas !

T'en fais pas ! Lucien entend bien. Son fils lui signifie que ses bêtes n'ont plus d'importance. Le vieux n'a plus rien à faire à Lumeret, le monde des adultes l'a exclu. Ce qu'il pense, ses sentiments, Alain s'en contrefout. Il lui demande seulement de se tenir à carreau pour ne pas empêcher les autres de vivre.

— Suivez-moi, ordonne une infirmière sur un ton qui n'admet pas de réplique.

Après avoir été copieusement admonesté, le délinquant se déshabille sous le regard sévère de la surveillante. Vaincu par ses soixante-dix ans, par ses attaques, par des jambes manquant d'assurance, il se met au lit, sa place définitive. Une autre infirmière arrive avec un chariot sur lequel sont disposées des seringues et des fioles.

— Je vais vous replacer votre perf. Mais cette fois, vous n'y touchez pas !

Bien sûr que non. Son esprit vogue sur un passé où il était fort et où personne ne lui faisait la leçon. Il part de la Charpoua avec un client et Armand Dubos. Le soleil se lève, et une belle journée s'annonce pour la grimpe, mais attention aux crevasses ! Si tout se passe bien, ils arriveront au sommet de la Verte par la face sud vers trois heures de l'après-midi et redescendront par la face nord pour prendre le téléphérique jusqu'à Argentière.

— Donnez-moi votre bras.

Il obéit sans un mot. L'aiguille perce la peau et s'enfonce dans l'artère. L'infirmière la fixe à l'aide de ruban adhésif, puis branche la perfusion. De nouveau la petite bouteille pendue à la potence métallique. Lucien pense à Tony, qui doit l'attendre sur le pas de la porte. Puis il marche à travers la lande sur les traces d'une bécasse. Que de couleurs ! Que de belles heures lumineuses à traquer le gibier roi ! Et ces pêches mémorables dans le lac Blanc au cœur des aiguilles Rouges ! Il quitte la réalité sur l'image d'une truite de trois kilos aux formes parfaites et s'endort, pensant à ce fameux bécard dont il aurait pu se vanter le midi à l'apéritif, mais qu'il a remis à l'eau par pur respect, afin de ne pas le tuer comme un vulgaire poisson de cuisine.

Lorsqu'il se réveille, le soleil illumine déjà le parking sous sa fenêtre, et Alain se tient devant lui.

— J'ai fermé mon cabinet pour la matinée ; le médecin est d'accord pour que tu partes. On sera aux Prés d'Or avant midi. Ils ont une section médicalisée, où ils te placeront dans un premier temps.

Les Prés d'Or ! Quel merveilleux nom pour une maison de retraite ! Pourquoi pas La Clef des Champs ? Liberté surveillée ! En fonction de leur âge ou de leur handicap, les pensionnaires peuvent sortir la journée, aller en ville, mais ils doivent respecter la contrainte : rentrer avant six heures du soir. Seuls les handicapés restent confinés dans les murs fleuris de l'établissement.

Lucien n'écoute pas ce que lui raconte son fils. Qu'il aille là ou ailleurs n'a plus la moindre importance, il n'est plus qu'un bois flotté dans le courant. Un vieillard qui attend. À Lumeret, le ménage sera fait, on jettera ses souvenirs dans des sacs plastique et lui… Lui, il restera reclus dans une chambre.

— Je peux vous aider, si vous voulez, lui propose une infirmière tandis qu'Alain quitte la pièce.

— C'est pas la peine, répond aigrement le vieil homme en s'asseyant sur le lit. Je peux encore m'habiller tout seul.

Lucien est prêt lorsque son fils revient.

— Je suis allé voir M. Suzerin, le directeur de l'hôpital. On a réglé les dernières formalités, et il m'a donné ton dossier pour Les Prés d'Or. Tu seras d'abord placé en observation dans le service médicalisé, puis, si tout va bien, au bout de quelques jours tu rejoindras ta chambre. Mais cette fois, pas de conneries ! D'accord ?

Lorsqu'ils sortent, Lucien a vaguement conscience d'être drogué, car il ne sent pas le sol sous ses pieds. Une immense fatigue l'écrase, il voudrait dormir et ne plus se réveiller. Son cerveau est ténébreux. Au cœur de cette nuit noire, une lointaine étoile, celle qu'il n'atteindra jamais et qui le fait tant souffrir : une petite fleur de neige.

— Avec le traitement que je lui ai prescrit, il n'y aura plus aucun problème, déclare le Dr Marchaud en les accompagnant à la porte.

Une voiture stoppe à côté d'Alain, qui donne le bras à Lucien. Pauline en descend prestement et embrasse son frère et son père.

— Je voulais te rassurer, papa : je vais prendre Tony chez moi.

— Chez toi ? Dans ton appartement ?

— Oui. Il me tiendra compagnie.

— Alors c'est bien.

Pour cacher son dépit, le vieil homme abaisse sa casquette neuve sur ses yeux. Tony, ce chien tellement à son image, libre d'aller où bon lui semble, de courir la lande à la recherche d'un lapin, de passer des heures couché dans la poussière au soleil devant la porte ! Tony pourra-t-il s'adapter à un appartement clos dont il ne sortira qu'en laisse parce que les animaux sont interdits sur les pelouses ? Non. Comme lui, Tony va en prison.

— Je n'ai pas beaucoup de temps, dit Alain à sa sœur, j'ai dû décommander plusieurs rendez-vous, il faut que je me dépêche d'emmener notre père.

— Je passerai le voir ce soir ou demain matin, répond-elle en consultant sa montre.

Puis elle monte dans sa voiture, et les deux véhicules prennent des directions différentes. Après vingt minutes de lacets, l'Audi d'Alain arrive près du Châtelard. Sur les berges de l'Arve, un bâtiment tout neuf, éclatant de soleil, s'intègre parfaitement aux formes torturées de la montagne. Les terrassements nécessaires à la construction de l'établissement n'ont pas dénaturé le paysage : la maison de retraite Les Prés d'Or a fière allure. Elle semblerait presque accueillante, et le parking dissimulé sous de grands tilleuls tranche à peine avec les pentes de pelouse soigneusement tondue.

— On y va ! dit Alain en ouvrant la portière de son père.

Lucien découvre ce qui va être son nouveau cadre de vie : un grand bâtiment blanc donnant sur un parc trop bien entretenu pour lui plaire.

— T'en fais pas pour tes affaires, on va s'en occuper. Quand on aura vidé la maison de Lumeret, je t'apporterai ta télé et je ferai le changement d'adresse pour ton journal.

— Et mon matériel d'escalade ?

Alain éprouve à cet instant un besoin pressant de faire un pas en direction de cet homme devenu si pitoyable et dépendant qu'on aurait envie de lui prendre la main. Il se sent vaguement coupable d'être valide, mais aussi de se débarrasser d'un père avec lequel il se découvre des similitudes longtemps occultées.

— Tu veux que je le porte à Romain Clarin, le responsable du bureau des guides, pour qu'il l'offre à un débutant ?

— Non, laisse-le où il est pour l'instant. Je le donnerai au fils de mon grand copain Armand Dubos. Il paraît qu'il va devenir guide. Je serais content de le faire moi-même.

— Entendu. J'arrangerai ça.

Dans la maison flotte une vague odeur de rance et de vêtements fripés. Des visages ridés à la peau distendue se tournent vers eux, et les prothèses mal ajustées que découvrent les sourires n'échappent pas au dentiste. Très mal à l'aise, celui-ci répond aux bonjours curieux avec une irrésistible envie de fuir les lieux. Mais le directeur, Jacques Pélegret, un ancien camarade de lycée, vient les accueillir et lui serre chaleureusement la main, puis bavarde avec lui un moment sans se préoccuper de Lucien, qui attend près d'eux, les bras ballants. Enfin, Pélegret semble s'apercevoir de la présence du vieillard.

— On va vous conduire dans votre chambre, monsieur. Elle se trouve dans le service médicalisé, où vous ne resterez qu'un jour ou deux, le temps qu'on adapte votre traitement et qu'on fasse de nouvelles analyses. Ensuite, vous irez dans ce qu'on appelle un studio.

Lucien fait oui de la tête. Parler lui demanderait un effort considérable car ses pensées semblent bloquées ; ce qu'on lui dit n'est pas très clair.

— Vous serez très bien, ici. Tous les jours, il y a des activités différentes. Vous pourrez apprendre à dessiner, raconter des histoires, il y a aussi des soirées danse, de la musique… Bref, vous ne vous ennuierez pas, c'est sûr !

Dessiner, danser, raconter des histoires… toutes ces choses inutiles qu'on invente pour faire passer le temps ! J'ai une tête à dessiner et à danser, moi ? J'ai jamais eu besoin de personne pour me trouver des occupations ! Moi, les loisirs niveau école maternelle, non merci !

Dans les interminables couloirs ils croisent d'autres vieux, des femmes mal coiffées marchant péniblement et dévisageant avec insistance le nouveau venu. Alain est choqué par le laisser-aller de ces grand-mères aux cheveux en désordre, de ces grands-pères mal rasés lui lançant des regards curieux. Tous avancent pas à pas, sans but. Les plus âgés semblent fiers de tenir encore debout, comme des êtres humains, heureux de pouvoir aller seuls au réfectoire ou se promener. Car ceux qui s'agrippent à leurs déambulateurs n'ont plus cette chance, et ils sont nombreux. On les sent pourtant rassurés de se savoir toujours en vie, ne cédant rien du peu qu'il leur reste, grignotant leurs derniers instants avec avidité. Tous ces entrepreneurs, ces ouvriers, ces solides montagnards, ces maçons se ressemblent à présent dans leurs corps rétrécis.

Encadré par deux femmes de service en blouse bleue, Jacques Pélegret ouvre la porte d'une chambre identique à celle de l'hôpital.

— Installez-vous sur le lit. Vous garderez votre perfusion jusqu'à demain. Déshabillez-vous, ça vous évitera d'avoir à le faire ce soir.

Comme il a toujours son cathéter, l'infirmière n'a qu'à placer une nouvelle bouteille sur la potence qui se trouve à côté du lit et à rebrancher le tuyau transparent. Lucien se laisse faire ; il ne trouve pas de mots pour exprimer ce qui lui vient à l'esprit. Une curieuse sensation de froid au bout des pieds et des doigts lui rappelle ce dimanche de plein été sur le Moine. La cordée était restée coincée deux jours sur une corniche de moins de deux mètres de large. C'était en fin de saison, la température avait chuté à moins vingt…

Alain consulte de nouveau sa montre, jette un regard à l'infirmière, puis se penche vers son père.

— Faut que j'y aille. J'ai un rendez-vous à treize heures.

Déjà ailleurs, il compose sur son portable le numéro d'Anne, restée au cabinet, qui lui apprend qu'une femme d'une quarantaine d'années l'attend avec une terrible rage de dents.

— J'arrive !

L'infirmière le raccompagne à la porte et le rassure :

— Ne vous en faites pas. Votre père sera très sage. Avec la dose qu'on lui a administrée, il ne fera plus de caprices. Il va surtout dormir. Et quand il pourra descendre dans sa chambre, il ira beaucoup mieux. Mais on lui donnera quelque chose pour l'empêcher de jouer les fortes têtes.

— Très bien, répond Alain en s'éloignant rapidement pour aller respirer l'air saturé des odeurs de l'été naissant.

Lucien reste là, démuni, voyageur sans billet regardant passer les trains sur le quai d'une gare.

Après l'hôpital, Pauline a téléphoné à Josette pour l'avertir qu'elle viendrait chercher Tony, puis elle s'est rendue à Lumeret. Lorsque sa Clio arrive dans la cour, le chien se met d'un bond sur ses pattes, descend les quatre marches et s'approche joyeusement.

— Mon Tony, tu vas voir, on sera bien tous les deux.

Tony lui fait la fête puis retourne s'asseoir devant la porte. Ce n'est pas elle qu'il attendait. Ce qui l'a trompé, c'est la voiture, Pauline a la même que Lucien.

Elle passe dire bonjour à la voisine.

— Je vais m'ennuyer, sans Lucien ! s'exclame Josette. Mais bon, c'est la vie. Je suis allée donner à manger au chien et au chat, mais ni l'un ni l'autre n'ont touché à leur assiette. Tony est un têtu ! Il n'aime que son maître. J'espère que vous n'aurez pas trop de difficultés avec lui.

— Et Galopin ?

— On l'a pas vu. Il a dû comprendre que la maison était vide pour de bon, et aller en chercher une autre. Vous faites pas de bile pour lui, les chats se débrouillent toujours. Quant à Molette, il restera ici. Mes fils sont d'accord pour le garder, et mon mari aime bien les ânes. On essaiera de lui trouver une ânesse.

Pauline remonte le raidillon, oppressée par le silence des bâtiments vides. Son enfance est encore là, avec la longue absence de son père, celle qui avait projeté la petite fille heureuse dans un quotidien de larmes contenues, de pensées sordides et inexprimées. C'était la fin août. Ce soir-là, alors qu'on l'attendait au retour d'une course difficile, Lucien n'était pas rentré. Avait-il été retardé, comme cela lui arrivait parfois ? Non. Il n'était pas revenu le lendemain, ni les jours suivants. Alors sa mère avait commencé à se cacher pour pleurer, s'efforçant par ailleurs de garder le sourire pour ses deux enfants. « Papa vous aime, il ne vous oublie pas ! » Claire avait continué à s'occuper de la ferme, du troupeau de vingt vaches laitières, et de la maison. À partir de l'automne, Lucien avait pris l'habitude de venir chercher Alain et Pauline un dimanche sur deux pour qu'ils passent la journée avec lui et sa compagne, Marie Lerrot, secrétaire au bureau des guides de Chamonix.

— Allez, viens, Tony, tu ne peux pas rester ici.

Elle prend dans la voiture un collier ainsi qu'une laisse rouge, et s'apprête à attacher le chien, qui laisse échapper un sombre grognement.

— Qu'est-ce qui te prend, Tony ? Tu ne vas quand même pas me montrer les dents !

L'animal se laisse faire : Pauline a une odeur proche de celle de Lucien ; elle fait partie du clan. Lorsque Claire était encore là, elle venait souvent à Lumeret.

— On y va !

La jeune femme tire sur la laisse, mais le chien ne bouge pas. Elle s'impatiente et le menace jusqu'à ce qu'il cède. Il quitte alors le pas de la porte et, comme il aime les voitures, monte sur la banquette arrière. Au moment où Pauline s'assoit au volant, elle voit Galopin arriver du potager. Le chat la regarde de loin et s'éloigne. Josette a raison, il ne faut pas se faire de bile pour lui.

Lorsque sa voiture s'engage dans la descente, la jeune femme a le sentiment qu'elle ne reviendra plus jamais à Lumeret : Pierre-André a trouvé un acheteur et a déjà signé le compromis de vente. Dès que les fonds seront débloqués, la ferme changera de propriétaire, et une partie de ce que Pauline a de plus cher sera abandonnée à des inconnus, salissant la mémoire de sa mère tant aimée, dont elle n'a pas fait le deuil. Si elle s'était entendue avec Pierre-André, s'ils avaient formé un véritable couple, ils auraient pu garder la propriété. Alain a profité de la maladie de leur père pour vendre, ce qui arrange bien ses affaires, et fait au passage le jeu de Pierre-André, qui déteste la campagne. *Alain veut s'acheter une maison bourgeoise dans le centre de Chamonix, la voilà, la vraie raison. Il n'a pas eu d'enfants ; ça l'a rendu égoïste, et insensible. Finalement, il n'est pas très différent de son père, qu'il accuse pourtant de tous les maux !*

À l'arrière, Tony tire la langue et halète bruyamment. Il a l'air inquiet. Quand ils arrivent à Argentière, Pauline le fait sortir en tirant fermement sur la laisse. Il flaire le rebord du trottoir, puis se laisse guider vers l'escalier conduisant au premier étage. La porte de l'appartement refermée, le chien tourne en rond dans cet espace exigu et inconnu, comme s'il s'y sentait à l'étroit. Sa nouvelle maîtresse lui désigne une corbeille toute neuve et son coussin moelleux, comme si Tony, qui dormait à même le plancher ou sur les cailloux de la cour, pouvait connaître l'utilité d'un tel accessoire.

— Tu as faim ? Viens dans la cuisine. Je t'ai acheté une assiette et de la bonne pâtée chez le vétérinaire. Et puis voilà de l'eau, si tu as soif.

Le chien regarde Pauline d'un air hébété. Lui, ce qu'il aime, c'est les os jetés par Lucien et l'eau croupie des flaques ou de la mare de Lumeret. Lorsque la jeune femme pose sa main sur la tête de l'animal, il remue vaguement la queue, mais demeure sur ses gardes.

L'angoisse se lit sur les traits de Pauline quand la sonnette retentit. Sur le pas de la porte, elle s'étonne de voir Pierre-André accompagné d'un homme vêtu d'un costume sombre très strict.

— Qu'est-ce que tu veux ? Je n'ai pas envie de te parler !

— Eh bien si, tu vas me parler ! Ce que tu as fait est très grave, et ça porte un nom : abandon du domicile conjugal. Je suis avec Me Lessure, huissier de justice, qui va constater les faits.

— Tu n'avais pas besoin d'huissier pour ça.

— Je tiens à te préciser que je vais faire rechercher Sophie, car je m'en sens responsable. Et je t'interdis de la recevoir ici. Je la placerai dans un centre spécialisé.

— Sophie est majeure, ne l'oublie pas.

— Se droguer est un délit. Il faut qu'elle se soigne, mais tu n'as pas à te mêler de ça.

— Si je suis ici, c'est pour m'occuper d'elle ! Pour qu'elle puisse échapper à la lourde atmosphère de ta famille, et surtout à l'autorité perverse de ta mère. Sophie est ma fille, et je m'en sens aussi responsable que toi !

L'huissier fait signer à Pauline une déclaration dans laquelle elle atteste avoir loué un logement pour y vivre sans son mari, puis les deux hommes s'éloignent et leurs pas se perdent dans l'escalier. À présent, elle ne se sent plus à l'aise dans ce petit appartement qui devait être le lieu de son indépendance. Elle doute. Quelle est la véritable raison de son divorce ? La nécessité d'éloigner Sophie des Lamotte ou le besoin de retrouver une liberté mise à mal par le carcan de sa belle-famille ? C'est du sang Bessette qui coule dans ses veines, le sang de son père, qui n'a jamais pu supporter la moindre attache.

Assise sur le canapé, le silence l'oppresse à nouveau. Elle va et vient, passe à la cuisine, où les deux assiettes posées sur le sol lui rappellent soudain Tony : le panier au coussin confortable acheté la veille est vide. Elle appelle l'animal, inspecte les coins et recoins où il aurait pu se terrer, sous la table de la cuisine, sous le lit, rien. Pas de doute : il a profité de l'altercation avec Pierre-André pour s'enfuir.

Elle dévale l'escalier, traverse le parking ; Tony n'est pas là. Elle saute dans sa voiture pour parcourir les rues voisines, appelle la gendarmerie, où un gendarme lui répond courtoisement qu'il ne peut envoyer une équipe sur les traces d'une bête, mais que si une personne signale un chien errant, on l'avertira.

Il court, Tony ! Lorsqu'il a vu les humains crier devant la porte ouverte, il a compris que c'était le moment de reprendre sa liberté, d'échapper à cet endroit sordide, cette cage où Pauline l'avait enfermé. Il lui faut le grand air, à Tony, le vent qui descend de la montagne, la nuit étoilée, et surtout Lucien. Sans Lucien, Tony n'est nulle part à sa place. La présence du vieil homme lui est aussi indispensable que l'air pour respirer. L'autre soir, quand la voiture blanche avec une lumière bleue clignotante est arrivée, quand il a vu des inconnus emmener Lucien inanimé, il a compris que quelque chose de très grave se passait, mais que pouvait-il faire, sinon attendre ?

Il est resté devant la porte jusqu'à la nuit, agacé par Molette, qui ne cessait de braire. Galopin était là aussi, qui faisait le malin. Un peu plus tard, Josette Pélerin a apporté à manger…

Quand le jour s'est levé, Tony attendait toujours. Il n'avait pas goûté à la nourriture que la voisine avait posée près de lui dans une assiette à fleurs bleues. Des gens sont venus visiter la maison et les granges ; ils sont allés dans le garage, puis au potager, et se sont arrêtés devant le chalet. Plus tard, quand Pauline lui a mis le collier autour du cou, Tony n'a pas réagi. Il a cru un instant qu'elle l'emmenait rejoindre Lucien, mais maintenant cette horrible chose lui comprime les poils et le gêne pour respirer. Il court dans la rue, et les gens qui marchent sur le trottoir lui lancent des regards étonnés. Il a peur. Ses griffes raclent le goudron ; sa place n'est pas ici, il le sent. Sur sa droite, une ruelle s'enfonce dans l'ombre entre de hauts murs. Il s'y engouffre, avance jusqu'à un renfoncement où se trouvent plusieurs grosses poubelles, et se dissimule derrière pour attendre la nuit. Les heures passent ; personne ne fait attention à lui. Parfois, quelqu'un vient soulever le couvercle d'une des poubelles pour y déposer un sac. Tony se fait alors tout petit dans la pénombre. Il a faim, mais ce n'est pas le plus important. Devant ses yeux défilent des images de son maître, qui s'attarde souvent au bistrot, de son maître qui ronfle si fort quand il dort que le chien en éprouve un bonheur absolu. Et, à mesure que défilent ces images, à mesure que Tony retrouve les têtes qu'il aime et celles qu'il déteste, la lumière finit par baisser, et la nuit par tomber. Il quitte alors sa cachette pour regagner la grande rue. Le dessin des montagnes a disparu dans l'obscurité la plus noire. Seules de grosses lampes éclairent les trottoirs déserts, et Tony s'engage sans précaution sur une route aux nombreux virages. À un croisement, son instinct lui souffle d'obliquer vers la droite, tandis que la faim fait gargouiller son estomac. Lorsque la lune se lève, il court toujours, et ses pattes lui font mal car elles ne sont pas habituées au goudron, mais cette douleur ne l'arrête pas plus que la fatigue qui tend ses muscles.

Il reconnaît enfin le clocher, le bistrot des Houches sur la place, la petite côte et la maison de Josette. Le jour se lève. Galopin est assis sur le muret. Le malandrin a profité de la nuit sans se soucier de Lucien, mais à présent qu'il est l'heure d'aller dormir sur le fauteuil près de la cheminée, il mesure l'importance de l'absence du vieil homme, et cette désinvolture irrite Tony, qui renifle les odeurs, retrouve celle de Lucien, ancienne, presque effacée par la nuit, puis d'autres. Il se couche alors devant la porte, et l'attente recommence.

Le chat miaule, bondit du muret, se montre, fait le beau. Si le chien ne redoutait pas le bâton, il lui briserait les reins d'un bon coup de dents.

Le soleil monte dans le ciel. Il fait chaud, un temps à pister le lapin dans les bosquets. Las de miauler, Galopin s'est couché dans la poussière près du banc sous la charmille quand une camionnette blanche arrive. Tony n'a pas le réflexe habituel d'aboyer. Deux hommes descendent du véhicule, l'un d'eux armé d'une sorte de fusil : Pauline, redoutant que Tony ne provoque quelque accident, a averti la fourrière.

— On a du pot, dit-il. Tu commences par le chat. Le chien, lui, ne s'en ira pas.

Le canon de cette arme étrange se lève en direction de Galopin, qui n'y prête aucune attention. Un léger bruit, un sifflement peut-être, mais rien à voir avec le tonnerre du fusil de Lucien qui terrasse le lièvre en pleine course. Le chat a un sursaut et tente de prendre la fuite, mais quelque chose pend sur sa cuisse, une espèce de petit bâton rouge. Un autre sifflement, et Tony ressent une piqûre à l'épaule, tente de s'enfuir lui aussi, mais sa vue se trouble. Au loin le mont Blanc se dissout dans une lumière bleutée, et le chien tombe en bas de l'escalier. Quelques mètres plus loin, Galopin gît dans la poussière.

— Bon. On peut les ramasser. On a le temps de les emmener à la fourrière avant qu'ils se réveillent. On attendra un peu, et si personne ne vient les chercher, on les piquera.

Les deux hommes chargent les animaux inertes dans la camionnette et s'en vont.

Depuis combien de temps Lucien est-il aux Prés d'Or ? Son esprit reste vide. Deux jours après son admission, il a pu quitter le pavillon des pensionnaires dépendants pour un petit studio constitué d'une grande pièce avec un lit, une table et quatre chaises, d'un coin salon pour regarder la télévision, d'un coin cuisine près de l'entrée s'il souhaite préparer ses repas. C'est confortable, éclairé par une grande baie ouverte sur le sud. Entièrement libre de ses mouvements, le vieil homme rechigne pourtant quand une employée vient le chercher pour une promenade de quelques centaines de mètres autour du bâtiment. La fatigue le cloue de longues heures durant sur son fauteuil.

Il a retrouvé deux anciens camarades, Émile Bussin et Paul Chansard. Émile, ancien hôtelier à Chamonix, est un solide vieillard haut d'un mètre cinquante à peine, et rond comme un tonneau. Cet homme jovial prend la vie du bon côté ; Lucien le voyait beaucoup au temps de Marie, qui était sa cousine.

— Bah, mon pauvre Lucien, faut se faire une raison. On n'est pas les plus malheureux !

— Bof !

— Faut pas se plaindre, on n'est pas mal ici. On est nourris, lavés, et on a de la compagnie ! C'est vrai que ça ne vaut pas le temps de notre jeunesse, mais la vie est ainsi faite.

— N'en parlons pas.

— Tu as des nouvelles ?

— Des nouvelles de qui ? demande Lucien, qui a parfaitement compris.

— De Marie.

— Non, et j'en veux pas !

Son autre copain, Paul, est un ex-marchand de vaches. On dit qu'il a gagné beaucoup d'argent, mais que son ivrogne de fils l'a dilapidé en moins de dix ans. Parfois, comme cet après-midi, il rend visite à Lucien et ne manque pas d'évoquer le bon temps où il venait à Lumeret chercher les génisses ; Lucien coupe court à la conversation.

— Tu sais bien que j'étais pas là !

— Oui, je faisais affaire avec Claire. Elle était pas facile !

Alain lui rend visite tous les deux jours et le trouve généralement assis sur le coin du lit, les mains sur les genoux, la casquette sur les yeux, absent. Il l'embrasse machinalement, lui propose d'aller faire une promenade. Sans un mot, le guide de montagne retraité prend le bras de son fils et sort en traînant les pieds tel un vieillard. On lui a trouvé une canne dont il ne se sépare plus.

— Pourquoi tu restes dans ta chambre ? Tu pourrais aller te promener, le parc est grand et ça te ferait du bien de marcher.

— Je ne sais pas marcher pour rien !

Voyant amorphe ce père autrefois si vif, Alain doute que le traitement soit vraiment adapté. Pourtant, quand le vieil homme cherche à se faire plaindre, son fils le remet immédiatement à sa place, d'une réplique lourde de sous-entendus :

— Pauline et moi, on vient te voir aussi souvent qu'on peut, qu'est-ce que tu veux de plus ?

Ces propos rappellent à Lucien sa fugue avec Marie. Le regard heureux et dénué de reproches de Claire, le soir où il était enfin rentré, après cinq années d'absence, ne quitte pas sa mémoire. Elle savait alors qu'il ne partirait plus, et l'accueillait comme s'il revenait d'une course ordinaire. C'était l'heure du dîner. Son assiette était sur la table, entre celles de ses deux enfants. Il s'était assis, et Claire lui avait présenté la soupière fumante.

Pauline, elle, vient le voir le soir, après l'école. Elle s'assoit sur une chaise face à lui et meuble les silences en parlant de ses élèves, du temps, vraiment trop chaud pour un mois de juin, des touristes qui commencent à affluer. Mais ses paroles ne parviennent pas à alléger l'atmosphère lourde des non-dits qui occupent toutes leurs pensées. Et lorsque, au bout de dix minutes, sa fille se lève pour prendre congé, Lucien demande invariablement :

— Et la gamine ?

Sa mère se contente de répondre que ça va.

— Tu lui diras d'aller chercher son cadeau. C'est bête, j'ai oublié de le lui donner.

Ils mentent tous les deux. La jeune femme ne dit pas que depuis plusieurs jours Sophie a disparu, que les gendarmes de Chamonix et de Saint-Gervais la recherchent dans la plus grande discrétion parce que Pierre-André n'a aucun goût pour ce genre de publicité. Ils ont fait plusieurs descentes dans la cité de Cédric, sans résultat.

— Qu'est-ce qu'elle fait ?

— Elle travaille…

— Alors qu'elle pourrait aller à l'école et apprendre un bon métier…

Pauline a bien conscience que son père n'est pas dans son état normal. Un soir, elle se rend au bureau du directeur pour le questionner, mais l'ancien camarade de lycée de son frère se montre très satisfait.

— Votre père va bien. Il s'est enfin résigné à son sort, on ne pouvait pas en espérer plus !

— Justement, je trouve qu'il se résigne beaucoup trop, qu'il manque de mordant. Mon père n'est pas homme à baisser les bras. Je me demande si le traitement que vous lui administrez n'est pas un peu trop fort pour lui.

Jacques Pélegret jette un bref regard à la jeune femme, qui s'est nettement transformée au fil de ses visites. Qu'est-ce qu'elle insinue ? Que ses services se débarrassent d'un insupportable malade en l'assommant de médicaments ?

— C'est le Dr Girard, en accord avec le Dr Marchaud, qui lui a prescrit ce traitement. Ils savent ce qu'ils font.

— Eh bien on pourrait leur dire que mon père est complètement amorphe, et qu'un traitement moins puissant lui laisserait un peu plus de liberté...

— Écoutez, madame Lamotte, j'ai longuement parlé de tout ça avec votre frère. Votre père est gravement malade. Nous ne pouvons pas prendre le risque qu'il fasse une bêtise de plus. Un nouvel accident cérébral peut survenir à tout instant. Et s'il n'est pas secouru dans les cinq minutes, il mourra ; ou alors il survivra, mais avec de très graves séquelles.

Pauline n'insiste pas. Le fait de s'entendre appeler madame Lamotte la paralyse, lui donne la nausée.

— Vous avez sûrement raison, murmure-t-elle en quittant le bureau.

En s'éloignant de ce bateau fantôme, elle se dit qu'il lui reste peu de temps pour être heureuse. Sa séparation d'avec Pierre-André devait lui ouvrir des portes, mais le monde semble lui tourner le dos. La solitude lui fait si mal qu'elle se demande parfois si Sophie n'a pas raison de s'échapper en empruntant la seule issue offerte à ceux qui n'espèrent plus rien.

Son portable sonne.

— C'est Virginie ! Excuse-moi, mais pour la soirée c'est annulé !

— Bon, dit Pauline sans rien ajouter.

Cette soirée, la jeune femme se l'était imaginée comme celle de la résurrection, du retour à la vie, de la rencontre avec un homme doux, attentionné et libre. Ce sera pour une autre fois, ou pour jamais. Pauline éteint son téléphone et pense alors à Pierre-André qui, après les menaces, se fait conciliant. Il l'a invitée à dîner à la fin de la semaine. Elle a refusé mais doute une fois de plus d'avoir pris la bonne décision. Cela lui évoque irrésistiblement le temps où son père venait les chercher elle et son frère, à Lumeret : il stoppait sa voiture dans la cour mais restait au volant. Elle et son frère quittaient la maison, tandis que Claire refermait la porte derrière eux afin de ne pas avoir à saluer son mari.

Ce Lucien-là n'est pas celui qui croupit aux Prés d'Or.

Par la fenêtre de sa chambre, Lucien passe des heures et des heures à regarder les voitures manœuvrer sur le parking entre les tilleuls. Des pensées furtives traversent son esprit. Sophie qui a volé l'argent dans l'armoire. Sophie et son déculotté. Puis le beau visage grave de Claire s'impose. Les derniers temps, ses joues étaient creusées par la maladie, et sa peau avait pris la finesse de la soie. Ses yeux profonds avaient gardé toute leur force, et ses lèvres incolores continuaient de sourire. « Ça ira, t'en fais pas ! » disait-elle pour le rassurer. Lui, il avait envie de la secouer pour l'arracher au mal qui l'emportait.

On frappe. Pas la peine de répondre : on entre chez lui sans permission ; il n'est plus un homme à part entière, et la liberté de dire non ne lui appartient plus. Une dame approche avec un grand sourire. Il a le vague sentiment de la connaître.

— Lucien ! fait-elle en l'embrassant sur les deux joues. Toi ici ! Franchement, si je m'attendais à ça…

Il jette un regard interrogateur à la femme vêtue d'une robe bleue : ses cheveux blancs ondulés et soigneusement coiffés, son regard franc et surtout sa silhouette bien droite possèdent une vitalité peu commune en ce lieu.

— Lucien, tu ne me reconnais pas ?

Il la connaît, c'est sûr, mais il ne saurait mettre un nom sur son visage. Les souvenirs se mélangent, voilés par un brouillard persistant.

— Enfin, fais un effort ! Je sais bien qu'à nos âges on perd un peu la mémoire, mais quand même, tu ne peux pas m'avoir oubliée. On allait à l'école ensemble, on était voisins !

Ça y est ! Il se souvient : Marguerite Plaget vivait dans la même rue que lui aux Contamines lorsqu'ils avaient une dizaine d'années. Ils ne se quittaient pas. Lui, il avait un grand frère, et Marguerite était fille unique. Ils allaient à l'école ensemble, c'est vrai, et les gens disaient qu'on les marierait un jour. Mais la vie en avait décidé autrement : Marguerite était partie pour Paris, et Lucien avait la montagne dans la peau. Ils ne s'étaient pratiquement jamais revus.

— Tu te souviens quand tu montais dénicher les pies pour moi ? On m'avait dit que les pies pouvaient apprendre à parler si on les apprivoisait au sortir du nid. Tu en avais capturé plusieurs, mais aucune n'avait jamais prononcé le moindre mot !

— Marguerite ! dit enfin Lucien. Qu'est-ce que tu fais là ?

— Eh bien, mon mari et moi avons pris notre retraite en 1999, et on s'était fixés aux Praz, dans une maison qu'il avait héritée et qu'on avait restaurée. Mais l'année dernière il est tombé malade, et comme je ne pouvais plus le garder à la maison on est venus ici. Il est dans le service handicapés, et je m'occupe de lui.

— Ah bon ? Quelle misère, quand même… Remarque, moi, que je sois ici ou ailleurs, ça n'a plus aucune importance. Pour ce qui me reste…

Marguerite s'assoit en face de lui et fronce les sourcils, mais son sourire rayonne ; elle paraît beaucoup plus jeune qu'elle ne l'est.

— Toi, tu me sembles bien défaitiste. C'est pas dans ton caractère. Allez, viens, je t'emmène faire un tour dans le parc. On va parler du bon vieux temps.

— Tu sais, je suis déjà fatigué au réveil…

— Mais enfin ! Qu'est-ce qu'ils te font manger pour que tu sois comme ça ? Je t'ai toujours connu bagarreur ! Franchement, à mon avis, ton traitement ne te va pas !

Marguerite a raison : tous les matins et tous les soirs, l'infirmière lui apporte deux comprimés, qu'il avale avec un verre d'eau. Mme Guérin lui a expliqué qu'ils servaient à fluidifier le sang, en vue d'éviter une nouvelle attaque. Mais on doit aussi le droguer pour qu'il ne fasse pas de bêtises.

— Ma canne, j'ai perdu ma canne !

Finalement, retrouver cette camarade d'école lui fait plaisir. Elle lui rappelle son enfance, ses parents, autant de visages perdus qui revivent grâce à elle, et il se laisse tenter par la promenade. Depuis son bureau, Jacques Pélegret les voit passer et sourit : c'est lui qui a demandé à Marguerite de s'occuper de Lucien. Le vieux têtu sort enfin de sa tanière ! Alain sera content.

— Moi, j'étais infirmière à la Salpêtrière, à Paris. Mon mari, lui, il travaillait au ministère des Finances. On a eu deux garçons. L'un est médecin, l'autre architecte.

— Et moi, mon fils est dentiste à Chamonix. Il s'appelle Alain. Pauline, ma fille, est institutrice à Argentière. Ils n'ont pas trop mal réussi. Par contre, je me fais du souci pour ma petite-fille.

En bavardant ainsi, ils comblent par des bribes de vie les cinquante années qui les ont séparés. Assis sur un banc à côté de Marguerite, Lucien parle de Claire, de sa mort trop rapide, évoque brièvement sa passion pour Marie, si violente, mais en fait il ne parle qu'à lui seul :

— Et puis, un jour, je me suis retrouvé sans rien, vide de ce qui m'avait occupé pendant cinq ans, comme si Marie n'avait jamais existé.

— Ce sont des choses qui arrivent. Parfois, on ne sait pas très bien dans quelle direction on part, réplique Marguerite, pleine de sagesse.

Elle sait trouver les mots qui l'apaisent, qui minimisent ses fautes et en font des erreurs humaines, donc pardonnables. Elle sourit tout le temps, malgré le souci que lui cause son mari. La bonté naturelle de cette femme encourage Lucien. Il aime tant se faire plaindre !

— Je suis très fatigué. Je ne peux penser à rien ; j'ai la tête embuée.

— Si tu étais sage, le Dr Girard diminuerait les doses de ton traitement, et tu pourrais être plus alerte.

Le vieil homme le sait très bien. Auprès de Marguerite, qui l'écoute avec générosité, il se sent tout à fait dépossédé de lui-même, privé de sa propre personne. Pourtant, la compagnie de cette femme dissipe peu à peu le reste de colère qui bouillonne en lui, et sa révolte s'éparpille comme autant de feuilles mortes, inutiles. Personne ne l'empêchera de réaliser son ultime devoir, celui auquel il tient plus qu'à la vie même.

Le soleil s'élève dans un ciel dégagé. Mi-juin. Il fait chaud, et ce serait un temps idéal pour une première course entre copains avant la pleine saison, histoire de se dégourdir les muscles.

Comme Marguerite doit rentrer afin d'aller faire manger son mari, ils quittent tous deux le banc et se dirigent vers le bâtiment. Lucien traîne les pieds. Il a du plomb dans les jambes.

— Eh bien, je ferais un fier grimpeur ! dit-il en pensant à sa chère montagne.

— Tu n'as plus l'âge de grimper, maintenant ! Pense donc à prendre du bon temps !

— Justement, je ne peux pas !

Son amie le raccompagne jusqu'à sa chambre. Elle reviendra le chercher dans l'après-midi pour une nouvelle promenade.

— Si tu restes assis comme ça sur ton lit, tu vas finir par devenir impotent. C'est ce que tu veux ? Non ! Alors, moi, je vais te faire bouger, je te le garantis.

— Tu te donnes bien de la peine pour pas grand-chose…

Marguerite n'insiste pas, mais l'ex-infirmière en psychiatrie sait quelle est la nature des médicaments qu'on administre à Lucien. Ils ramollissent et privent de réaction les excités les plus récalcitrants. Et, même si elle doit se mêler de ce qui ne la regarde pas, elle ira parler au Dr Girard.

Si Lucien a été un grand consommateur de journaux télévisés, il n'a plus envie de regarder la télé, ni de suivre l'actualité. Il adorait par-dessus tout commenter les événements et le comportement des hommes politiques : « De droite ou de gauche, tous des vendus ! Tous d'accord pour plumer les pauvres gens ! » Ces lieux communs allaient généralement de pair avec ce constat : « Ah, ils font les malins, c'est sûr, ils savent parler, mais moi, ils ne m'impressionnent pas. Pour aller aux chiottes, ils font comme les autres : ils baissent leur froc ! » Cette réflexion lui procurait toujours une profonde satisfaction. Elle faisait naître sur son visage un petit rire triomphant et mettait dans ses yeux une étincelle de joie, car la pensée d'un président « aux chiottes » le confortait dans ses certitudes.

À présent, il n'éprouve même plus le besoin de fumer, et il mange ce qu'on lui apporte, alors qu'en d'autres temps il aurait pesté pour camper sur sa mauvaise foi habituelle. Jouer aux cartes ne l'intéresse plus non plus, et le temps qui passe ne laisse plus en lui qu'une obsession plantée dans sa conscience comme un clou rouillé.

— Il faut que je grimpe aux Drus, sinon de quoi j'aurai l'air quand j'arriverai là-haut ?

Sophie n'en peut plus. Elle a passé la nuit allongée sur le parquet d'une chambre d'hôtel où elle s'est enfermée avec Cédric, qui lui avait promis de lui donner de quoi calmer ses douleurs. Ses membres sont gelés, et son estomac brûle. La voilà roulée dans le feu et la glace. Tout son corps est souffrance, comme si on lui arrachait la peau avec une tenaille. Assis sur une chaise près de la fenêtre, le jeune homme la regarde de son air méprisant.

Elle gémit, le supplie, rampe jusqu'à ses pieds, s'accroche à ses jambes. Elle ne demande pas grand-chose, simplement de respirer comme tout le monde. Mais pour elle, c'est payant.

— Deux cents euros et tu auras ton sachet, dit calmement Cédric, les lèvres plissées par le dédain.

— Mais tu sais bien que j'ai plus rien ! Je t'ai tout donné, toutes mes économies ! J'ai vidé mon compte, j'ai tiré des sacs à des vieilles et je peux même recommencer ; c'est pas ma faute si je suis pas douée ! Je t'en supplie, donne-moi de quoi aller mieux et je ferai tout ce que tu voudras.

Sa propre conduite l'écœure. L'image de son grand-père traverse son esprit : sa casquette collée sur ses cheveux blancs, son nez aquilin et son menton saillant piqué de barbe blanche, ce grand-père qui lui dirait d'arrêter son cinéma, qu'une Bessette n'est pas une limace.

— Tu n'es qu'une merde, une sale petite bourge de merde ! Franchement, tu me fous la gerbe !

Cédric fouille dans la poche de sa veste et en sort un petit sachet de poudre blanche. Sophie se précipite sur le jeune homme, le serre contre elle, pleurant et riant à la fois.

— Mon Cédric, je savais que tu me laisserais pas tomber.

— Lâche-moi, répond-il en la repoussant vivement. Tu m'écoutes, maintenant.

Sophie tombe à la renverse, se redresse, les cheveux en bataille, les yeux rouges, la bave au coin des lèvres.

— Je ferai tout ce que tu voudras, je te l'ai dit.

— OK. Tiens.

Il lui lance le paquet d'héroïne. Sophie s'en empare avec avidité, fouille dans son sac pour trouver une seringue et s'enferme dans la salle de bains. Quelques instants plus tard, elle revient calmée, souriante. Ce n'est plus la même. La jeune fille qui se roulait sur le tapis a arrangé ses vêtements, s'est nettoyé le visage, coiffée. Son regard clair a de nouveau un air de famille avec celui de Lucien.

— Maintenant, tu vas m'écouter, reprend Cédric.

— Oui.

Elle revit. Le bien-être, le bonheur et la douce ivresse qui coulent dans ses veines sont incommensurables. Après l'enfer, voici ce paradis qui vaut toutes les trahisons, toutes les bassesses, ce paradis dont on ne peut plus se passer une fois qu'on l'a connu. Pour vivre ces instants, Sophie sait qu'elle aura toutes les audaces et supportera toutes les humiliations.

— Tu sais combien tu me dois ?

— Écoute, Cédric, je te rembourserai, je te le jure.

— Ah bon ? fait le jeune homme en se redressant, trop grand et trop maigre pour cet intérieur trop petit. Eh bien il va falloir que tu te grouilles, sinon…

Sophie mesure l'ampleur de la menace. Ce mec n'est pas un tendre : il veut bien lui fournir sa dope, mais pas gratuitement. C'est la règle.

— D'après toi, je la trouve où, l'héro ? Tu crois qu'on m'en fait cadeau ? Moi, le fric, je l'avance. Alors, toi, tu te débrouilles pour me rembourser, parce que sinon ça va mal se passer.

Il s'approche de Sophie et la regarde droit dans les yeux.

— Quand on est une belle fille comme toi, si on manque d'argent, c'est vraiment qu'on le veut bien...

— Ah bon ? Pourquoi ? Comment tu veux que je fasse pour en trouver ?

— Allez, fais pas ta sainte-nitouche ! Tu sais très bien de quoi je parle. Des hommes en manque, il y en a partout ! J'en connais plein qui seraient prêts à payer cher pour se taper une bombe comme toi.

Sophie accuse le coup. L'euphorie du retour à la vie laisse lentement la place à une réflexion beaucoup plus sensée, qui la pousse à la révolte.

— Tu voudrais que je fasse la pute ? Que je me tape des salopards pour leur soutirer du fric ? Tu veux que je me dégoûte ?

— Pourquoi pas ? Faut savoir ce qu'on veut.

— Ah, les voilà, les limites de tes sentiments, hein ? Je ne ferai jamais ça ! Jamais, tu m'entends ?

Cédric serre les poings, puis se ravise.

— Très bien, tu fais comme tu veux, mais tu me files mon fric. Viens.

— Où ?

— Viens, je te dis.

Le jeune homme prend son blouson et pousse Sophie sur le palier. Dans la rue, il ouvre la portière d'une voiture et la précipite à l'intérieur.

— Maintenant, on va parler sérieusement.

Ils parcourent ainsi quelques kilomètres. Tassée dans son coin, la jeune fille se demande si elle a eu raison de suivre ce garçon au visage plus mauvais que d'habitude. Le véhicule stoppe dans un bois de sapins.

— Qu'est-ce qu'on fait, là ?

— Je vais t'expliquer deux ou trois petites choses. Après, tu verras, ça ira mieux.

Elle tente de s'échapper, mais en deux bonds Cédric la rattrape et la jette par terre.

— Tu peux toujours crier, personne ne t'entendra.

— Arrête !

Les coups pleuvent. Coups de pied dans le ventre, coups de poing dans la figure. Sophie se protège avec les mains, roule sur la mousse et les aiguilles de résineux, qui se plantent dans sa veste et ses cheveux, griffent ses joues. Cédric s'acharne, frappe encore et encore.

— T'as compris maintenant ? Ce n'est qu'un aperçu de ce qui t'arrivera si je n'ai pas le fric demain matin. Sinon je te présenterai à des copains qui se feront un plaisir de s'amuser avec toi. Tu entends ? Et un conseil : surtout ne t'avise pas de prévenir la police. Tu sais ce qu'il t'en coûterait.

Assise contre un tronc d'arbre, Sophie pleure, la tête sur les genoux. Cédric remonte dans sa voiture et démarre en trombe. Quand le silence de la forêt revient, la jeune fille se relève. Son arcade sourcilière droite est en sang, ses vêtements sont hérissés d'aiguilles de sapin. Elle marche jusqu'à l'orée du bois ; la voiture de Cédric est garée dans un renfoncement.

— Monte.

— Non.

— Monte, je te dis.

Elle prend place sur le siège en sanglotant.

— Tu as encore le carnet de chèques que tu as piqué l'autre jour chez le vieux ? C'est pas compliqué d'imiter la signature de ton grand-père.

— Je ne veux pas.

Imiter cette signature serait franchir le pas vers toutes sortes de falsifications, la dégringolade finale qu'elle redoute tant quand la drogue lui laisse l'esprit libre. En même temps, les terribles douleurs la reprendront bientôt si elle ne fait rien ; sa dépendance envers ceux qui lui fournissent l'héroïne via Cédric est absolue. Sophie n'est pas idiote : la mésentente larvée entre ses parents la faisait souffrir, et à cause d'elle elle a tout raté. Les ambitions que le clan Lamotte nourrissait pour elle la laissaient indifférente. Sa mère a toujours su qu'elle ne ferait jamais d'études de droit. Mais, alors que la lycéenne rebelle protestait à sa manière en accumulant les mauvaises notes, son père la rabaissait au lieu d'essayer de la comprendre.

La voiture enchaîne les virages, dépasse des maisons aux larges toitures d'ardoise et s'arrête sur le parking des Prés d'Or.

— Va voir ton grand-père. Tu sais ce que tu as à faire. Et n'oublie pas : si j'ai pas le fric, ça va être ta fête !

Elle qui croyait avoir trouvé le grand amour avec Cédric, si gentil quand ils s'étaient rencontrés ! Il l'attendait au coin de la rue, et elle s'échappait pour le rejoindre. Il était tellement différent des types qu'elle croisait dans les rallyes, tellement spontané, tellement drôle ! Il apprenait le métier d'ébéniste et rêvait d'une vie ordinaire, de ne rien devoir à personne, d'être libre…

Il avait commencé par l'emmener dans des boîtes branchées, où Sophie s'était découvert un goût très prononcé pour les boissons alcoolisées. Elle fumait du haschisch pour faire comme tout le monde, puis un jour elle avait eu l'occasion de goûter à l'héroïne. Maintenant, elle en est prisonnière, et elle aime sa prison, n'ayant l'idée d'en sortir que dans les rares instants où le caractère Bessette reprend le dessus. Cette ordure de Cédric doit avoir plusieurs victimes comme Sophie. Mais comment faire marche arrière ? Comment le dénoncer ? Il est le dernier maillon d'une chaîne bien organisée n'hésitant pas à faire taire ceux qui gênent son commerce.

— Prends le carnet de chèques du vieux et débrouille-toi pour qu'il signe puisque tu ne veux pas le faire à sa place. C'est ta dernière chance avant de vendre ton cul !

Sans un mot, Sophie traverse le parc et se dirige vers ce grand-père bougon que détestent les Lamotte, la seule personne qui ne lui ait jamais dit les mêmes âneries que les autres quand elle était enfant. Jamais le moindre « Sois sage », le moindre « Travaille bien à l'école… ». Non, Lucien, lui, il lui fabriquait de petits paniers en osier, lui apprenait à faire des poupées avec des joncs cueillis dans la mare. Il lui parlait de la montagne, de la neige, de l'orage, du bonheur de se lever avec le soleil en été, et il l'appelait « ma petite libellule ». C'est à Lumeret que Sophie a passé les meilleurs moments de son enfance, près de sa grand-mère Claire, qui avait toujours ses bonbons préférés dans un placard, et de son grand-père Lucien, qui prenait sa petite main dans son énorme pogne.

Les portes sont ouvertes. Sophie traverse la grande salle où des pensionnaires attendent l'heure du dîner assis sur des chaises alignées le long du mur, et où d'autres font les cent pas en surveillant les allées et venues des visiteurs. Elle baisse la tête pour dissimuler ses pommettes bleuies et son arcade ouverte, et demande à une employée en blouse bleue où elle peut trouver Lucien Bessette.

Lorsqu'elle entre dans la chambre, son grand-père est assis sur un coin de son lit et regarde dehors. Ses grosses mains d'alpiniste sur les genoux, la casquette relevée, il a l'air absent. Pourtant, un léger sourire éclaire son visage quand il aperçoit sa petite-fille.

— Ah, c'est toi !

Elle se précipite pour l'embrasser et le tient un instant serré contre elle. Jamais elle ne s'est sentie si proche de lui.

— Qu'est-ce qui t'arrive, tu es tombée ?

— Oui, en scooter, j'ai dérapé sur des gravillons.

Lucien la dévisage et voit bien que sa libellule a les ailes flétries. À travers le brouillard qui l'empêche de la voir nettement, il discerne une profonde détresse.

— Tu sais ce qu'ils ont fait de Tony et Galopin ?

— Maman avait pris Tony, mais il s'est échappé, et elle a dit qu'elle ne voulait pas d'un chien qui s'évade. La fourrière les a récupérés, et ensuite on les a placés dans un refuge.

Un chien qui s'évade ? Lucien sourit. Jamais Tony ne pourrait vivre dans un appartement et ne sortir qu'une ou deux fois par jour au bout d'une laisse ! Il préférait sans doute mourir plutôt que de perdre sa liberté.

— Tu sais ce qu'ils sont devenus ?

— C'est un refuge qui les a recueillis, mais je ne sais pas lequel. En tout cas, d'après oncle Alain, si personne ne les adopte, ils seront obligés de s'en débarrasser.

S'en débarrasser ! Toujours la même rengaine, ne pas s'encombrer des êtres gênants ! Tous dans le même panier : les animaux, les vieux, parfois même les enfants ! Et quand on ne s'en « débarrasse » pas, on les modèle à notre image, et gare s'ils se rebellent !

— Tu veux que j'aille voir Tony et Galopin ?

— C'est sûr que ça leur ferait plaisir, mais ce n'est pas toi qu'ils attendent.

— Tu sais, à mon avis, si le refuge a les moyens de les nourrir, les employés ne les piqueront pas, même si personne ne vient les réclamer…

— Qu'est-ce que tu veux dire ? demande le vieil homme en glissant à sa petite-fille un regard plein de soupçons.

— Si tu leur paies une pension, ils seront obligés de les garder.

— Ça, c'est une idée !

— Moi, je veux bien leur porter l'argent…

Elle hésite. Lucien se lève et se dirige vers la fenêtre. Sophie s'étonne de la lenteur de ses gestes.

— Et donc, tu voudrais que je te donne de l'argent pour que tu l'apportes au refuge…

— C'est ça…

Lucien se tourne et braque ses yeux clairs sur ceux de sa libellule.

— Qu'est-ce qui se passe ? Pourquoi tu as tant besoin d'argent ?

— Mais non, grand-père, je te jure que…

— C'est pour ton marlou que tu fais la manche et que tu voles ? C'est pour te pousser à ce beau travail qu'il t'a cassé la gueule ?

Sophie bouscule la chaise et sort précipitamment, court dans le couloir, traverse le parc jusqu'à la voiture garée devant le portail. Cédric la questionne du regard. La jeune fille tombe en larmes.

— Très bien, dit Cédric en démarrant. Demain soir, si j'ai pas l'argent, on passera aux choses sérieuses.

Il fait quelques mètres puis s'arrête et passe la tête par la fenêtre ouverte.

— Tu vas à Chamonix, tu mates les mecs riches et tu leur sors le grand jeu. Ça te rapportera beaucoup en peu de temps. C'est ça, la solution. Crois-moi, il n'y en a pas d'autre !

La voiture s'éloigne, et Sophie reste un long moment au bord de la route, indécise. À son tour, comme Tony et Galopin, elle est en cage. Une cage nauséabonde. L'envie d'aller demander pardon à son grand-père lui fait faire quelques pas en direction des Prés d'Or. Mais une voiture passe, et elle lui fait signe.

— Je vais à Argentière, décide-t-elle.

— Qu'est-ce qui vous arrive ? demande la conductrice.

— Je suis tombée de scooter. Il faut que je rentre chez moi pour que mon père puisse venir le chercher.

— Montez.

Dans le hall de l'immeuble, Sophie ignore si elle doit frapper à la porte de sa mère ou fuir une fois de plus des reproches qui la blesseront. Les deux femmes se ressemblent, aussi se déchirent-elles sans cesse entre deux embrassades. Elle finit par sonner, puis elle s'annonce à l'interphone. Pauline l'attend sur le palier. Elles s'étreignent, mais la mère ne tarde pas à constater les griffures et les traces de coups sur le visage de sa fille.

— Tu as eu un accident ?

— Je suis tombée de scooter. Sur du gravillon…

Sophie baisse les yeux car elle redoute que sa mère y lise son mensonge.

— Viens, je vais te soigner tout ça, répond Pauline.

Sophie lui ment, sans aucun doute, mais elle ne lui pose aucune question afin d'éviter de la braquer et de la perdre de nouveau. L'adolescente s'assoit sur une chaise pour que sa mère puisse passer un coton sur la déchirure de son arcade sourcilière.

— Qu'est-ce que tu vas faire ? Tu vois bien que tu ne peux pas continuer comme ça…

Sophie se contracte, serre les dents, prête à se défendre.

— Qu'est-ce que tu veux que je fasse ?

— Je connais un établissement spécialisé dans le traitement de la toxicomanie. Maintenant, on sort désormais de la drogue comme on sort de l'alcool. J'ai vu le Dr Marcelin.

— J'ai l'impression d'entendre mon père.

— Ton père a raison, il faut que tu te soignes.

Le Dr Marcelin est un ami de la famille. Il a fait ses études secondaires avec Pierre-André à l'institution Jeanne-d'Arc. Sophie aime bien cet adolescent attardé. Après son second divorce, il a décidé de ne plus jamais se marier, mais il a un cœur d'artichaut et tombe régulièrement amoureux. Il prend la vie comme elle vient. Sa bonne humeur et surtout sa manière d'être lui confèrent un excédent d'humanité que beaucoup considèrent comme de la faiblesse. Sophie regrette d'avoir pu paraître à son désavantage aux yeux de cet homme.

— Pourquoi tu lui as parlé de ça ?

— Tu le connais, ce sera plus simple. Il saura te conseiller comme il faut. Ce qui t'arrive est arrivé à beaucoup d'autres. Il faut juste que tu t'en sortes.

S'en sortir. Ne plus dépendre de Cédric, retrouver une vie libre, redevenir une jeune fille gaie, avoir des projets. Loin de son père, qu'elle craint, du clan Lamotte, qui l'écrase, elle imagine une existence avec sa mère, entre femmes. Un quotidien de liberté, avec de nouveaux amis, des garçons attentionnés et éduqués. Elle pourrait reprendre ses études et devenir enseignante, s'occuper d'enfants en détresse. Mettre sa propre expérience au service les autres.

— J'ai peur que ce ne soit trop difficile.

— Mais non, on va aller le voir ensemble.

Pauline sait qu'il faut mettre à profit immédiatement les bonnes dispositions de sa fille ; elle décroche le téléphone. Sa fille tend la main comme pour l'arrêter, puis la laisse faire.

— Le Dr Marcelin nous attend, dit la mère en raccrochant.

Elle prend sa veste, son sac à main, ses clefs de voiture, et se dirige vers la porte.

— Tu viens ?

Elles empruntent l'avenue principale d'Argentière, prennent la direction de Chamonix, et, dix minutes plus tard, arrivent dans la rue du Dr Marcelin. Pauline réussit un magnifique créneau, puis les deux femmes se dirigent vers le cabinet du médecin. Mais Sophie se contracte soudain, repousse sa mère et s'enfuit en courant, puis disparaît dans les rues encombrées de promeneurs. Pauline n'a même pas eu le temps de lui demander ce qui lui prenait.

De son côté, penché sur un patient, le Dr Alain Bessette ne peut chasser de ses pensées les animaux de son père, punis malgré eux. Tony, ce chien fidèle et si doux, Tony qui l'a accueilli en lui faisant la fête quand il est revenu à Lumeret... Et ce sauvageon de Galopin ! Comment se résoudre à ce qu'ils finissent leur vie enfermés, emprisonnés pour avoir eu la malchance d'appartenir à un vieil homme malade ? Le dentiste termine son intervention, puis demande à Anne, qui le seconde, s'il n'y a pas un trou dans l'emploi du temps de l'après-midi.

— Non, tout est plein, et ton dernier patient est à dix-neuf heures trente.

— Et ce matin, je finis à quelle heure ?

— Onze heures et demie. Encore Mme Lurin, et ensuite c'est terminé jusqu'à quatorze heures trente.

Lorsque la dernière patiente de la matinée est partie, Alain pose sa blouse et s'apprête à partir.

— Je reviens, dit-il à sa femme, j'ai une course importante à faire. Déjeune sans moi. Je serai de retour à quatorze heures.

Sans plus d'explications, il sort, manœuvre dans la cour, puis quitte la ville en direction de Saint-Gervais. Le refuge a été aménagé dans une ancienne ferme isolée, au-dessous du col de la Forclaz, au lieudit Le Travers. Le portail est ouvert, et une jeune femme très brune et négligée vient au-devant de lui. Il lui explique qu'il est le fils de M. Bessette, dont elle a recueilli le chien et le chat.

— Nous manquons cruellement de place, lui explique la jeune femme. C'est pourquoi nous ne pouvons pas nous permettre d'héberger nos pensionnaires trop longtemps, vous comprenez.

— Certes. Mais je pourrais peut-être vous payer une pension afin que vous les gardiez en attendant qu'on trouve une solution…

— Dans ce cas, c'est différent. Ils peuvent rester aussi longtemps que vous le voudrez. Cela dit, être enfermé dans une petite cage sans jamais voir personne, ce n'est pas une vie pour un chien et un chat…

— Je sais. Pour l'instant, je paie leur pension. Après, on verra.

Alain remplit un chèque puis retourne vers sa voiture. Il a encore le temps de déjeuner avant de reprendre son travail. Sur la route, il pense à son père. Depuis que Lucien est aux Prés d'Or, les questions que le dentiste avait consciencieusement écartées jusque-là reviennent lui trotter dans la tête. Ce père haï qui voulait à tout prix l'emmener faire de l'escalade, ce père qui ne pensait qu'à lui-même est devenu un vieillard inoffensif, et on ne peut plus le tenir pour responsable de ses erreurs d'adulte. Lui en vouloir serait monstrueux.

Alain laisse tomber l'idée du déjeuner. Sa démarche serait incomplète s'il ne faisait pas un détour par la maison de retraite. Il roule donc jusqu'au Châtelard et se gare sous les tilleuls, puis traverse la grande salle où des pensionnaires bavardent, prolongeant le repas. Une employée en blouse bleue le salue et l'informe que Lucien est chez lui.

— Au fait, il a retrouvé une amie d'enfance qui le secoue un peu, qui le force à aller se promener. Je crois qu'il va très bien !

Assis sur le bord de son lit, les mains sur les genoux, comme à son habitude, Lucien observe par la fenêtre le ciel gris de cette journée orageuse en pensant au déculotté qui frappe Sophie pour qu'elle vole. *Mais qu'est-ce qu'elle a dans la carafe ?* Alain pousse la porte, et le vieil homme tourne vers lui un regard affligé.

— Comment ça va ? Tu n'es pas allé manger au réfectoire ?

— Si.

Marguerite est venue le chercher, et ils y sont allés ensemble. Mais ensuite elle a dû aller s'occuper de son mari et l'a laissé avec les autres. Tracassé par sa petite-fille, il ne supportait pas le brouhaha et les éclats de voix. Il est donc revenu dans sa chambre avant le dessert.

— Tu veux venir déjeuner chez nous dimanche ?

— Comme tu veux. Que je sois ici ou ailleurs…

Un long silence envahit la pièce.

— D'accord, je passerai te prendre vers onze heures.

— Comme tu voudras.

— Pour ton chien et ton chat, te fais pas de souci, je me suis arrangé avec la propriétaire du refuge : ils seront bien traités.

— Ah, tant mieux.

Lucien esquisse un vague sourire, et Alain quitte rapidement la pièce. Fuyant sa propre honte, le dentiste se hâte de retourner à ses occupations, à sa vie quotidienne. Oublier ce père dans sa chambre sordide, ne plus penser à lui reste la seule manière de ne pas se laisser envahir par un sentiment tragique : la vie est une course à l'échec, et le pire est toujours à venir.

Lorsque son mari a terminé de manger, Marguerite entre dans le bureau toujours ouvert de M. Pélegret et lui fait part de son inquiétude au sujet de Lucien, dont le traitement est beaucoup trop fort. Trente années de travail dans un service de psychiatrie auprès de patients difficiles ne lui laissent aucun doute : elle sait quel calmant on administre à son ami.

— Ces médicaments l'abrutissent, il est complètement amorphe ! Je sais bien qu'il faut le protéger contre ses propres actes, mais on pourrait quand même lui laisser un peu plus de vitalité…

— Écoutez, Lucien Bessette est un élément difficile. Une sacrée tête de mule. Il ne veut se plier à aucune contrainte. Vous savez ce qu'il a fait à l'hôpital ? Il a arraché sa perfusion et s'est enfui en pleine nuit ! Dans son cas, vous voyez, on ne peut revoir les doses à la baisse…

— Oui, mais enfin…

— S'il meurt au cours d'une fugue, qui sera responsable ? Moi, je ne veux pas d'histoires.

— Peut-être, mais ce n'est pas une raison pour l'abrutir autant. On peut adapter son traitement, le calmer sans lui retirer toute son énergie.

— Parlez-en au Dr Girard. Mais à mon avis il vous répondra de vous mêler de vos affaires. Et c'est lui qui décide.

Marguerite n'insiste pas. Elle rejoint Lucien dans sa chambre et l'emmène se promener. Tandis qu'ils parcourent les allées du parc elle évoque sa vie d'infirmière, les cas graves dont elle s'est occupée, son mari, brave homme ayant toujours un peu manqué de curiosité, ses deux enfants… Lucien est devenu pour elle le lien indispensable avec un passé réconfortant, avec cette enfance aux Contamines et la petite fille qu'elle redécouvre auprès de lui. Enfant, il était casse-cou, bagarreur, têtu, insoumis. À l'école communale, il était souvent au piquet. Ce n'était pas un méchant garçon, pourtant, mais il ne supportait pas l'humiliation des faibles et relevait les défis les plus improbables. Un matin, le curé l'avait trouvé au sommet du clocher : il remettait la pendule à l'heure !

— Ils ne m'enlèveront pas de l'idée que ton traitement est beaucoup trop fort pour toi. Tu as deux comprimés, c'est ça ? Une grosse gélule pour te fluidifier le sang, et un petit cachet blanc pour te calmer ?

— Tu crois que si je n'ai envie de rien ça vient de là ? Je n'arrive plus à savoir si j'ai faim ou soif. Même l'envie du tabac et du vin m'a quittée !

Toute sa vie, même lorsqu'il était malade, ce qui n'est pas arrivé souvent, Lucien a fumé son paquet de cigarettes et bu son litre de vin quotidiens, minimum vital pour qu'il puisse se sentir d'attaque. Le fait que son corps ne réclame plus ces substances essentielles montre à quel point il est au bord de la fosse…

— C'est pas normal, tu trouves pas ?

— Le plus important, ce n'est pas le tabac et le vin. Il n'est pas indispensable de fumer et de boire, tu le sais bien.

— Pour moi, si !

Cette réaction presque vive fait plaisir à Marguerite. Derrière le brouillard du traitement, le volcan gronde toujours. L'âpreté du caractère est toujours là, et la révolte affleure comme le rocher sous l'humus. Il en faudrait peu pour que la lave souterraine jaillisse de nouveau.

— Je veux qu'on me foute la paix !

Marguerite sourit et augmente la pression de son bras contre celui de Lucien.

— Tu n'es qu'une tête de mule ! dit-elle avec affection.

En regardant la nuit tomber, Lucien pense à Tony et Galopin enfermés dans leurs cages. Alain s'est peut-être arrangé avec la propriétaire du refuge, mais ça ne change rien. Sans leur maître, ils ne peuvent pas être heureux.

Est-ce à cause de son chien et de son chat ? Du vent du nord annonciateur d'un temps clair et froid ? Est-ce parce que Marguerite lui a dit que son traitement était trop fort ? Ce soir, le vieil homme renoue un peu avec son animosité naturelle, et l'idée qu'il pourrait mourir ainsi, d'un instant à l'autre, le tracasse profondément. *Les morts, tu peux les toiletter une dernière fois pour les faire paraître à leur avantage, les pomponner autant que tu veux, il y a des saletés qui ne s'en iront pas ! Et moi, je ne veux pas qu'on m'enterre pour l'éternité avec ma gueule de salaud.*

Seul dans sa chambre, il lui semble que la mort peut le cueillir sans crier gare, alors que s'il se joint aux autres elle ne pensera pas à lui. Ses copains s'étonnent de le voir arriver dans la salle de jeu et s'asseoir pour jouer à la belote. Il retrouve son application habituelle, trichant à l'occasion, car il déteste perdre. M. Pélegret observe ce progrès ; les doutes de Marguerite ne sont peut-être pas fondés. Ce n'est pas la première fois qu'il accueille un montagnard sauvage comme un bouquetin, et qui finit pourtant par s'adapter à la petite vie de la maison. Demain, il appellera Alain pour lui apprendre la bonne nouvelle.

Lucien regagne sa chambre pour le passage de Mme Guérin, l'infirmière chargée des traitements. C'est une forte femme au regard franc, à la figure large et à l'imposante poitrine. Elle inspire confiance aux pensionnaires, qui lui livrent leurs petits secrets. Avec celui-ci, il est difficile d'engager la conversation, mais elle reste près de lui le temps qu'il avale ses pilules.

Lorsqu'elle pose les médicaments sur la petite table et remplit un verre d'eau, Lucien remarque la grosse gélule et le petit comprimé blanc responsable du brouillard régnant dans son esprit. Il avale la gélule avec une gorgée d'eau, puis hésite à prendre le petit comprimé entre son pouce et son index. Il tourne le dos à Mme Guérin, qui attend. On dirait un enfant s'apprêtant à désobéir ! Comment va-t-il s'y prendre pour que l'infirmière ne s'aperçoive de rien ? Il s'est entraîné avec une minuscule boulette de papier. Il réussit une fois sur deux, mais la moindre hésitation pourrait le dénoncer. Alors, pour gagner du temps, il entame la conversation avec cette femme passionnée de montagne :

— L'aiguille du Moine est bien la plus capricieuse, vous ne trouvez pas ? Le temps y change en permanence et la brume s'y accroche mieux que nulle part, mais avec un bon guide ça passe tout seul. Les seuls risques, c'est le froid, la pluie, et le verglas qui se dépose sur les parois…

— On l'a faite l'été dernier avec mon mari et le fils de votre copain Dubos, le jeune Bernard.

— Paraît que c'est un sacré grimpeur ! Mais il n'est pas encore guide…

— Non. Il n'a que vingt et un ans ! On est montés avec lui sans rien dire au bureau, en bas. Ça coûte moins cher, et le gamin était tout fier !

Le vieil homme prend le cachet d'une main, le verre de l'autre, et se tourne vers la fenêtre. Une voiture arrive.

— Tiens, c'est qui ?

L'infirmière s'approche de la fenêtre, et Lucien en profite pour glisser le médicament sous sa langue, puis il avale le verre d'eau quand elle se retourne vers lui.

— C'est Durieux, le kiné. Il vient pour Mme Jérôme, qui a toujours des douleurs au côté droit. Allez, bonne nuit, dit-elle en quittant la pièce.

Lucien attend qu'elle ait refermé la porte pour aller cracher le comprimé dans le lavabo. Une immense envie de rire lui secoue le ventre. Il a enfin désobéi ! Il redevient lui-même ! *Ordonnez-moi de faire quelque chose, vous pouvez parier que je ferai le contraire !*

Il a dormi toute la nuit d'une traite, ce qui ne lui est pas arrivé depuis longtemps. Il se sent revivre, et faire un pied de nez aux médecins, aux spécialistes qui croient décider pour lui le comble. Tricher, jouer la comédie, cela l'amuse infiniment. Vers huit heures, la casquette sur les yeux, il sort prendre son petit déjeuner de son pas de vieillard, en s'aidant de sa canne. Marguerite le rejoint et lui propose de faire un petit tour, ce qu'il accepte avec son habituelle voix cassée, s'émerveillant d'être un tel comédien. Au fond, n'est-ce pas ce qu'il a été toute sa vie ? Jouer, se montrer toujours différent, se rendre insaisissable, passer à travers les bons sentiments comme un poisson entre les mailles d'un filet, il connaît ça par cœur. Rire de ce que les autres prennent au sérieux, se moquer de l'essentiel pour ne prendre en compte que le détail ; s'échapper, s'échapper toujours… La fuite est le fondement de sa nature, même s'il ne veut pas mourir comme un salopard.

Marguerite lui prend le bras et ils traversent la salle commune, saluent les pensionnaires qui tuent le temps à bavarder. Bien plus que l'âge, ne rien faire est sans doute ce qui pousse ces vieux vers la déchéance. Quand on n'a plus de projet, la mort a presque gagné.

— Toi, tu m'as l'air bien fatigué, ce matin, s'étonne Marguerite en remarquant que Lucien pèse plus que d'habitude sur son bras.

— J'ai pas fermé l'œil de la nuit.

— Pourtant, avec ce qu'on te donne, tu devrais dormir comme un bébé !

— Je sais pas. J'étais pas bien. Je pensais à ce que tu m'as dit sur le vin et le tabac.

— Tu vas pas encore nous faire ta mauvaise tête ! Le vin et le tabac, c'est mauvais ! C'est des drogues, ça t'empêche de vivre et de regarder en face ce qui te fait peur !

Le vieil homme réprime une envie de rire. Ces belles paroles n'ont pas plus de sens pour lui que les conseils des médecins. Pour donner le change, il parle de Sophie, venue lui extorquer de l'argent, il dit se ronger les sangs au sujet de cette enfant perdue. Il geint, et ça lui va bien. Il en fait tellement que Marguerite lui adresse un regard plein de soupçons, mais ne dit rien.

À onze heures, Mme Guérin apporte les médicaments du matin, et Lucien réussit sans difficulté à la tromper.

— Vous avez bonne mine, monsieur Bessette. Remarquez, l'été, c'est toujours bon pour le moral. L'automne, par contre, c'est la saison des dépressions, lui dit l'infirmière avant de sortir.

Cette fois, il éclate d'un rire franc en crachant le petit comprimé. Lui, son moral est au beau fixe. Pourtant, l'après-midi n'en finit pas. Il regarde longuement les feuilles s'agiter dans le vent, mais le besoin d'exercice le fait trépigner sur place. Pas un instant il ne pense qu'une nouvelle attaque pourrait le terrasser. Sa pugnacité est revenue, il réfléchit en prisonnier préparant son évasion, et l'énergie de la désobéissance lui met des fourmis dans les jambes. *Il me faudrait une voiture !*

Réflexion faite, ce n'est pas une bonne solution. Sa Clio est toujours au garage à Lumeret, et la clef de secours dans le chalet, sous un pot de fleurs. Mais comment échapper à ceux qui le chercheront forcément ? *Une cavale, ça s'organise. Il ne faut rien précipiter.*

Il ne pourra donc pas passer à l'action aussi vite qu'il le voudrait, mais tromper les autres lui procure déjà une profonde satisfaction. Toutefois, attention ! Le moindre faux pas révélerait la supercherie ! Il doit éviter de parler, de donner son avis sur tout comme il aime tant le faire. Il faut qu'il s'efforce de rester assis sur son coin de lit, qu'il continue à regarder les tilleuls du parking et les oiseaux, à suivre la course des nuages.

Comme cette journée passe lentement ! Il essaie de lire, mais les lignes dansent devant ses yeux. Son esprit est ailleurs, dans sa propre histoire. Il pense beaucoup à Claire. À ses derniers instants. Alors, il se redresse et grogne :

— Ils croyaient me passer la corde au cou, comme une vache ! Ils se trompent. Quand Lucien a décidé quelque chose, il le fait !

À présent que le calmant ne lui brouille plus l'esprit, il se sent la force d'aller au bout de son projet. *Le dernier des derniers, pour partir propre !* Puis ses pensées s'arrêtent sur Sophie. *Bon, je connais rien au maquillage… cette mallette a dû la faire bien rigoler !* Son propre ridicule l'attendrit, mais la colère reprend vite le dessus. *Mais pourquoi elle est allée nous chercher ce déculotté ?* Alors le naturel revient au galop : Lucien ne peut pas penser aux autres sans se donner en exemple. *Moi, le gamin, je l'aurais emmené au pied du Moine et je lui aurais dit : « Mon gars, le cœur de la gamine, il est là-haut. Va le chercher, si tu en es capable. »*

Le dimanche arrive enfin ; Marguerite force Lucien à se raser et à se changer. Elle le place devant la glace et le réprimande.

— Regarde-moi ces cheveux en broussaille ! Tu te rends compte ? Ton fils vient te chercher, et ce n'est pas n'importe qui ! Tu peux quand même faire un effort, non ? Tu préfères rester ici, comme un pauvre malheureux ?

— Qu'est-ce que ça peut faire ?

— Tu ne mesures pas la chance que tu as. Ton fils et ta fille ne t'abandonnent pas !

Marguerite exprime là sa propre solitude. Depuis qu'elle est ici avec son mari, personne n'est venu la voir ; ses deux fils sont loin. Pourtant, au lieu de jalouser les bonheurs des autres, elle éprouve le besoin de donner, d'afficher cette bonne humeur si nécessaire dans cette maison de déchus.

Lucien s'assoit près de ses vêtements propres soigneusement disposés sur le lit, certain d'être le meilleur acteur du monde. Il a toutefois du mal à cacher sa jubilation, son envie de rire : s'il aime se plaindre, il aime aussi se vanter ! Marguerite ne voit rien, ou fait semblant de ne rien voir. Peut-être est-elle du côté de l'élève récalcitrant qui refuse de rentrer dans le rang.

Lorsque son amie a enfin quitté la chambre, le vieil homme laisse éclater son impatience. Il se change très vite, puis fait les cent pas du lit à la fenêtre, guettant l'arrivée des voitures. L'Audi bleue se gare enfin sous un tilleul, et Lucien s'emporte contre son fils, qui prend tout son temps pour manœuvrer et mettre son véhicule dans l'alignement. *Toujours dans le droit chemin, celui-là, jamais le moindre écart ! Je sais pas comment il fait.*

La porte s'ouvre ; le vieux comédien reprend son rôle. Alain s'étonne de trouver son père au plus mal, les épaules basses, la casquette sur les yeux, les mains sur les genoux, tremblantes, ce que le dentiste n'avait pas remarqué jusque-là. Ces tremblements sont plus vrais que nature : Lucien s'est beaucoup entraîné pour donner à ce détail capital toute sa véracité.

— Ça ne va pas, ce matin ?

— Si, ça va, répond Lucien d'une petite voix aigre.

— Si tu te sens mal, tu peux rester ici…

— Oh non ! fait-il en se levant avec une vivacité aussitôt freinée par une horrible grimace. Je ne sais pas ce que j'ai depuis hier, mais on dirait qu'on m'a creusé un trou dans la poitrine.

— Tu devrais en parler au Dr Girard.

— C'est ça, je vais lui en parler, dit Lucien en traînant les pieds jusqu'à la porte. Ma canne ! Donne-moi ma canne.

Alain a l'impression que l'état de son père se dégrade si vite qu'il ne passera pas l'été. Pourtant Lucien va bien, la preuve : l'envie de fumer lui noue l'estomac. *Ils veulent jouer aux cons, eh bien ils seront pas gagnants !* C'est contre le monde entier qu'il se bat, et il gagnera. Il vient de vaincre sa vieillesse : le mensonge reste la plus sûre des armes !

Alain ouvre la portière de l'Audi et aide son père à s'asseoir. Le vieux renard en fait encore dix fois trop, s'aidant de ses bras comme s'il n'avait plus de force dans les jambes. Alain parlera à Jacques Pélegret au retour.

Tandis que le véhicule quitte Les Prés d'Or, Lucien sort le grand jeu ; il a tout prévu. Il se racle la gorge et prononce d'une voix de crécelle :

— Tu sais, je t'en parle à toi, je sais que je peux, mais n'en touche pas un mot à ta sœur, elle a bien assez d'ennuis en ce moment. Je me sens glisser…

— Mais non, proteste Alain sans quitter la route des yeux. C'est une idée. Je trouve même que tu as un peu grossi.

Il ne voit pas les yeux clairs du vieillard briller de malice.

— Je sais ce que je dis, quand même ! J'ai toutes les peines du monde à faire le tour du parc avec Marguerite. Qu'est-ce que tu veux, il faut bien une fin à tout. Ça peut arriver aujourd'hui, la nuit prochaine ou demain. Mais ça ne tardera pas. Alors il faut que je te demande quelque chose…

Un silence. Alain aborde un virage en lacet, puis tourne la tête vers son père, qui baisse les yeux.

— Tout ce que tu veux. Jacques est un bon copain. Il ne me refusera rien.

— C'est pas ça. Je voudrais que tu ne dises rien à personne sur mon état. Je m'en vais comme une flamme qui n'a plus de bois à brûler, et c'est très bien comme ça. Mais avant, il faut que tu me fasses un grand bonheur.

Lucien considère alors que son fils est conditionné pour accepter sa demande, qu'il formule d'une voix tremblante. Il l'a tellement répétée dans sa tête qu'il hésite au moment de la prononcer. Mais son hésitation sonne juste.

— Je voudrais revoir Tony et Galopin. Une dernière fois.

Alain ne s'attendait pas à ça. Il espérait que son père lui demanderait de le conduire sur la tombe de sa mère, mais non, ce vieil égoïste ne pense qu'à son chien et son chat !

— Bientôt, je ne pourrai plus sortir, continue l'horrible vieillard. Je voudrais leur dire au revoir. Tu comprends ?

— Oui, je comprends.

C'est la meilleure manière de régler définitivement le problème des deux animaux. Son père veut les voir ; ce sera la dernière fois. Ensuite, Alain ne se sentira plus obligé de les entretenir. Il bifurque sur une route secondaire serpentant à flanc de montagne. Entre les rochers, de grands sapins plongent vers le ciel. Leurs troncs parfaitement droits, hérissés d'écailles ocre, forment les colonnes d'un temple immense et silencieux, celui de cette campagne souveraine qui tant de fois a accueilli Lucien le chasseur, le braconnier, l'animal de montagne.

Le refuge apparaît enfin, et sous sa visière le vieil homme ouvre de grands yeux pour noter tous les détails : un potager à l'abandon du côté du pignon de la maison d'habitation aux pierres nues, deux arbres plantés devant l'entrée, une clôture entourant bâtiments, maison et étables, où se situent les cages pour les animaux. Il descend lentement de voiture, avance en traînant les pieds, appuyé sur sa canne. La jeune femme brune reconnaît Alain et vient le rejoindre avec un sourire engageant.

— Voilà, explique Alain, mon père voudrait voir ses animaux.

— Le chien et le chat qui… ?

— C'est ça.

— Suivez-moi, je vous emmène. Je les ai mis à part. Comme vous payez leur pension, je tiens à ce qu'ils soient bien. Ils se trouvent dans ce petit bâtiment, sur le côté, au fond de la cour, vous voyez ? Ils ont plus de place et ne sont pas dérangés par le va-et-vient des gens.

Lucien remarque aussitôt la clôture détendue près du mur, le trou dans le grillage, la porte qui n'est pas fermée à clef.

— On manque cruellement de place, poursuit la jeune femme. C'est fou le nombre d'animaux abandonnés qu'on recueille chaque semaine. Et les gens ne se bousculent pas pour les adopter !

Qui pourrait adopter Tony et Galopin ? Sans Lucien, ils n'existent plus. Tony se laissera mourir, et Galopin finira dans la gueule du renard. Seul Molette s'en tirera. Tout en traînant les pieds, Lucien met son plan en place. Le voilà enfin sur les lieux, comme un général préparant la bataille.

— Ici, ils ne sont pas enfermés dans de petites cages, ajoute la propriétaire du refuge en ouvrant la porte. Ils ont de la place pour se dégourdir les pattes.

Le bâtiment est une ancienne porcherie occupée par deux grandes cages. La première est habitée par Tony qui, flairant la présence de Lucien, se précipite contre la grille en remuant la queue. Lucien passe sa main tremblante à travers les barreaux métalliques pour le caresser, tandis qu'à côté Galopin se contente d'ouvrir les yeux. Lorsque son maître l'appelle, le chat daigne se lever, fait le dos rond et vient d'un pas mesuré vers la main tendue.

— T'es bien un matou, toi ! grogne le vieil homme.

Tony gémit. À Lumeret, il savait ouvrir les portes avec la patte, mais ici il n'y a pas de poignée.

— Vous voyez, ils sont très bien. On vient les voir souvent. Dans quelque temps, quand ils seront habitués, on les laissera sortir, et je les traiterai comme mes propres animaux.

— Je vous en remercie !

Lucien ne croit pas un mot de ce que dit la jeune femme. Il veut s'en aller. Rester là fait souffrir ce pauvre Tony, qui ne comprend pas pourquoi son maître vient le voir mais ne l'emmène pas. Alain remercie la femme et lui promet de revenir la voir très bientôt. Il faut qu'ils aillent à Chamonix.

— Vous arrivez à dormir, avec tous ces chiens qui doivent aboyer dès qu'ils entendent un bruit ? demande Lucien tandis qu'ils regagnent la voiture.

— On s'habitue. À force, on n'y fait même plus attention.

C'est ce qu'il voulait entendre. L'Audi repart, et le vieil homme pose quelques questions au sujet de Lumeret. Sa maison a trouvé acquéreur, lui dit Alain, il faut encore attendre que la demande de prêt soit acceptée, mais tout devrait se régler dans les jours qui viennent.

— Je me fais du souci pour la gamine.

La main droite d'Alain se soulève et retombe sur le volant.

— Laisse tout ça ! Moi, quand j'ai voulu m'en mêler, mon beau-frère m'a dit que ce n'étaient pas mes affaires.

À Chamonix, la voiture s'engage dans la cour de la belle maison d'Alain et Anne. La jeune femme embrasse son beau-père, qu'elle trouve très diminué. Une odeur de vêtements défraîchis, de rance flotte autour du pensionnaire des Prés d'Or. Dans la salle à manger, le couvert a été mis pour trois, et Anne engage la conversation sur ses démarches pour adopter un petit Thaïlandais. Lucien est contre, certain que les enfants venus d'autres pays finissent par se sentir étrangers et ne sont jamais heureux, mais il est d'une autre époque, celle d'avant la mondialisation, les métissages et le mélange des cultures ; il s'abstient donc de donner son avis. Il a toujours vécu dans les Alpes, où les étrangers ne restaient jamais bien longtemps.

Après le déjeuner, Anne propose une promenade, mais le vieillard refuse, arguant qu'il ne peut plus mettre un pied devant l'autre. Il passe donc l'après-midi à somnoler devant la télévision. Vers quatre heures, son fils lui suggère de rentrer aux Prés d'Or, ce qu'il accepte sans rechigner. En quelques semaines, le conquérant des plus hauts sommets des Alpes est devenu une loque. Ce n'est pas bon signe.

— Ses attaques cérébrales l'ont considérablement diminué, souffle Alain à sa femme.

— Je voudrais revoir la maison des Houches…, dit Lucien à son fils sur le chemin du retour. Ce sera la dernière fois.

Alain proteste, lui assurant qu'il a encore beaucoup de temps à vivre, mais prend la direction de Lumeret, puis l'aide à monter les marches du perron. Une fois à l'intérieur, le vieil homme tourne des yeux larmoyants vers son fils, qui attend près de la porte.

— Je voudrais que tu me laisses un peu seul. J'en ai besoin.

Alain ressort, refermant la porte derrière lui. Lucien se détend alors, ouvre un placard, et rafle quelques provisions qu'il emballe soigneusement avant de les cacher sous sa veste. Puis il passe dans sa chambre, fauche les cigarettes cachées dans sa réserve, empoche le briquet resté sur la table de nuit et reprend aussitôt son attitude de vieillard épuisé pour appeler Alain.

— C'est bon. On peut y aller, dit-il de sa voix cassée. Je veux pas rester ici, ça me fait trop mal.

— Faudrait savoir ce que tu veux !

Lorsqu'il arrive aux Prés d'Or, Lucien est attendu dans le parc par Marguerite, qui apprécie de marcher en sa compagnie, car cela la distrait de la lourde charge que représente pour elle son mari. Lorsqu'elle le raccompagne dans sa chambre, elle s'assoit face à lui et l'observe avec insistance. Elle a vu tant de malades dans sa vie, des vrais et des faux, qu'elle sait donner un sens au moindre battement de cils.

— Dis-moi, Lucien, tu prends bien tes cachets ?

— Oui, pourquoi ? répond-il en baissant les yeux, sachant que la vérité est inscrite dans son regard.

— Comme ça. C'est pas parce que je t'ai dit qu'ils étaient trop forts qu'il ne faut pas les prendre. J'ai vu le Dr Girard. Il va revoir ton traitement. Il me fait confiance. Il sait que j'ai de l'expérience et que je suis là pour t'aider.

Le vieux renard soulève une lourde paupière pour regarder Marguerite. Cette femme reste un mystère pour lui : son dévouement l'étonne, lui qui n'a jamais pensé aux autres.

— Je suis fatigué, dit-il en bâillant.

— Bon, je te laisse te reposer. Je viendrai te chercher pour aller à la soupe, c'est dans moins d'une heure. Mais, dis-moi, tu n'aurais pas oublié quelque chose dans un coin, quelque chose qui serait en train de pourrir ? Je trouve que ça sent mauvais, chez toi !

— Moi je sens rien !

Si, il sent. Il ne sent même que ça : le fromage qu'il a pris à Lumeret et qui empeste. Après le départ de Marguerite, il part à la recherche d'un petit sac en plastique, où il enferme l'objet du délit, dont il neutralise l'odeur à l'aide d'un nœud très serré. Il fait l'inventaire de son trésor : un fond de cartouche de cigarettes, cinq paquets qu'il a réussi à dissimuler aux regards inquisiteurs, son briquet, son couteau de montagnard tranchant comme un rasoir. Et, pliés dans une serviette de table, des morceaux de pain dur, des rondelles de saucisson, du jambon fumé. C'est peu, mais c'est inestimable pour un vieil homme qui n'a plus rien à lui.

Sa vieille amie ne va pas tarder à revenir. Il recompose le personnage fatigué et détaché de tout, s'allonge sur son lit, rabat sa casquette sur sa figure et attend.

À six heures et demie, lorsque Marguerite arrive, le soleil est encore haut au-dessus du parc. Lucien se met lentement sur ses jambes, sous le regard soupçonneux de son amie. Personne ne le connaît aussi bien qu'elle, et il s'en méfie. Le plus dur, c'est de trouver la juste mesure, le métier d'acteur n'étant pas aussi simple qu'il y paraît. Dans le couloir, ils avancent sous les regards espiègles, parfois moqueurs des autres pensionnaires. Comme des enfants, ces égarés éprouvent le besoin de plaisanter sur ce nouveau couple, exprimant ainsi une gaillardise puérile qui les raccroche à ce qui n'est plus de leur âge.

Au réfectoire, ils s'installent à la table des copains. Lucien ne parle pas, mais aspire comme d'habitude sa soupe du bout de la cuiller, en regardant son assiette et en ne répondant aux questions des autres que par des hochements de tête. Le repas du soir est succinct : bouillon, salade et morceau de fromage. Un peu de vin est servi à ceux qui le souhaitent. Lucien boit son verre avec délectation, mais un seul ne suffit pas à étancher sa soif. Et puis il s'agit d'un vin ordinaire et, lui, il n'aime que le côtes-du-rhône.

— Ce soir, tu as l'air particulièrement fatigué, lui dit Paul Chansard, étonné par la rapide dégringolade de celui qui passait pour l'un des guides les plus robustes de Chamonix.

— Je suis allé chez mon fils. La voiture me vaut plus rien !

Le repas est vite expédié. Les plus valides se rendent ensuite à la salle de jeux, tandis que Lucien retourne dans sa chambre en pesant sur le bras de Marguerite, qui le laisse à sa porte en lui souhaitant une bonne nuit.

— Tu veux que je te ferme les volets ?

— C'est pas la peine.

Une fois chez lui, à l'abri des regards, il se détend et se métamorphose en un homme alerte et plein d'impatience. Il sourit et son visage rayonne tandis qu'il ouvre le tiroir de sa commode, s'empare de son couteau, de son briquet et d'un paquet de cigarettes. Enfin il va pouvoir fumer sans se soucier des censeurs ! Il a hâte de partir, mais la nuit tarde tellement à venir en cette saison !

Allongé sur son lit, il se laisse aller à une agréable somnolence. Ses forces étant limitées, il doit se reposer un peu avant de se lancer dans la grande aventure. *Ce soir, je fais une grosse, une* bambée*, la plus difficile de toute ma carrière*, pense-t-il, *mais après, je serai tranquille.*

Vers onze heures du soir, lorsque les employés de cuisine sont partis, la surveillante de nuit fait sa ronde. Elle occupe une pièce près du réfectoire et peut dormir si personne ne la réclame. Il y a dans chaque chambre une sonnette pour que les pensionnaires puissent l'appeler en cas de besoin.

Lucien se décide. Il se met sur ses jambes, constate qu'aucune douleur ne freine ses mouvements, preuve qu'il est au mieux de sa forme. Il n'allume pas ; les lampadaires du parking éclairent suffisamment la pièce. Il actionne la poignée de la fenêtre, qui s'ouvre sans un bruit, puis enjambe le rebord, et mesure d'un regard le saut qui le sépare encore de la liberté : un peu plus d'un mètre. La chance a voulu qu'il soit au rez-de-chaussée ; la Madone est avec lui. Il saute, et, lorsque ses pieds heurtent le sol, son poids l'écrase. Il roule sur le gravillon et constate qu'il ne pourrait plus se libérer d'une crevasse, comme il avait dû le faire un jour de printemps de 1980. Il chasse ce pénible souvenir, se relève, observe les deux voitures garées sous les tilleuls, celle de la surveillante et celle du directeur. Il traverse le parking, franchit le portail toujours ouvert, avance sur la route éclairée par un ciel étoilé. Le voilà redevenu lui-même, fugitif, évadé, contraint de se cacher pour préserver son autonomie. Il se dirige vers le village, mais bifurque sur la droite juste avant la première maison afin de ne pas avoir à traverser la petite agglomération. Tout en marchant, il allume une cigarette. Ce petit geste anodin répété sans y prêter attention tout au long de sa vie le relie à l'homme qu'il refuse de ne plus être. Il inspire la fumée avec un ravissement qui lui fait tourner la tête, ivre de vie et de liberté. Son éclat de rire se perd dans la nuit tel un jappement de renard.

— Ils croyaient que Lucien Bessette était cuit ! dit-il à haute voix en tirant à pleins poumons sur sa cigarette. Les cons !

Il rit encore ; l'élève dissipé, fier de désobéir, retrouve sa dignité en marchant vite, privilège réservé aux bien portants ! Marguerite ne reconnaîtrait pas celui qui pesait sur son bras le soir même en allant au réfectoire. Lucien s'oriente aisément dans la nuit, économisant ainsi sa petite lampe électrique, qui lui sera sans doute utile plus tard. L'air est très doux, et le ciel complice offre à la hauteur de son visage une lumière diffuse, une phosphorescence secourable. À la maison de retraite, on ne constatera sa fuite que le lendemain matin, et il sera loin, alors ! Ces crétins croyaient pouvoir ligoter Lucien Bessette, qui a bravé la foudre, le froid et les vents ! *Ces bleus ont encore beaucoup de leçons à recevoir des anciens ! C'est comme l'hiver dernier, avec la grippe ou je ne sais quoi ! Ils m'ont bien fait rigoler, ces veaux, sous la dictature de la sainte télé ! À force de se protéger de tout, de ne jamais vouloir prendre de risques, ils en oublient qu'ils sont vivants !*

Cette réflexion lui donne du cœur au ventre. Le quasi-grabataire avance à vive allure, trotte sur ses petites jambes arquées, comblé par ce pied de nez à une époque insipide. *Aux cons !*

Six ou sept kilomètres le séparent du refuge. Une heure et demie de marche tout au plus, en suivant la vallée. Il doit pourtant rester prudent, se cacher, car toutes les brigades de gendarmerie et les pompiers seront bientôt à ses trousses. Un vieillard parti dans la nature, ça fait désordre !

Depuis près d'une heure, il marche d'un bon pas, et ses jambes vont leur train régulier, comme au temps où il partait de la dernière cabane avant la haute montagne. C'était l'été. Parfois, venu de loin, le cri du grand tétras surprenait les clients, généralement des citadins en mal de sensations fortes et de véritable nature. Lucien allait devant, tempérant les ardeurs des novices et les mettant en garde afin qu'ils gardent des forces pour l'ascension, et aussi pour la descente.

Plus ce passé magnifique refait surface, plus le fugitif se sent léger. Lucien a su vaincre les éléments ; il ne se laissera pas vaincre par des freluquets. Ni par la maladie. Et encore moins par l'âge. Chaque fois qu'il entend arriver une voiture, il se cache dans le fossé en jubilant. Ce soir, il désobéit à l'univers, et c'est là qu'il puise toute sa force et sa grandeur.

Une chance que le temps soit sec. L'après-midi, de gros nuages sombres se sont amoncelés sur la montagne, et le vieil homme a redouté la pluie pour la nuit, mais le diable est de son côté ; le ciel s'est dégagé au coucher du soleil.

Le voici arrivé au lieudit Le Travers. L'ancienne ferme se découpe dans la pénombre, entre les gigantesques sapins étalant leurs branches au-dessus du portail ouvert. L'après-midi, sous sa casquette, Lucien avait remarqué que des herbes et de grosses mottes de terre le coinçaient. La clôture déglinguée, elle, disparaît entre des orties géantes. Les chiens ont dû sentir l'intrus ; ils se mettent à hurler, puis se calment. Toutes les lumières sont éteintes dans la maison d'habitation, preuve que les occupants dorment. Lucien sort sa petite lampe de poche et suit le sentier menant au bâtiment où sont enfermés ses animaux. Là, il localise le trou dans le grillage détendu, et se glisse dans la cour. Les chiens recommencent à hurler. Dans l'ancienne porcherie, Tony a flairé son maître et se met à gémir. Le vieillard émet un léger sifflement ; le chien se tait. Brave Tony ! Il comprend tout ! Le fugitif pousse la porte, qui cette nuit non plus n'est pas verrouillée, et un miaulement l'avertit que Galopin est prêt. Tony vient se frotter contre lui, lui lèche la main en gémissant très bas. Galopin, lui, ronronne si fort qu'on dirait le grondement lointain d'un orage. Lucien se penche vers eux et les serre contre sa poitrine. Un étouffant bonheur l'oppresse. C'est sa première victoire, et certainement la moindre.

— Dépêchons.

Il éteint sa lampe par mesure de précaution. Dans le bâtiment voisin, les autres animaux font un tel raffut que les propriétaires ont dû se réveiller. Lucien s'éloigne rapidement. Tony reste près de son maître tandis que Galopin est déjà parti devant. Mais le chat d'ordinaire si indépendant ne s'éloigne pas. Il tourne constamment ses gros yeux lumineux vers Lucien, comme s'il redoutait de le perdre. L'homme marche à grands pas. À bout de souffle, il s'arrête enfin, s'assoit sur une souche et serre son chien contre lui ; Galopin se frotte à sa jambe et ronronne, la queue en l'air.

Le plus dur reste à faire, Lucien en a bien conscience, et il se demande comment il va réussir. À l'approche du jour, un petit vent frais court sur les pentes, et le vieil homme remonte le col de sa veste.

— On y va.

Ils suivent la bande claire de la route, sous le brouhaha des oiseaux de l'aube. Des odeurs de mousse, de plantes humides chatouillent les narines.

D'ici à Vaudagne, ça fait bien ses trois kilomètres. Ensuite, il faut grimper vers le Prarion, puis les Chavants et la forêt. Je dois l'atteindre avant qu'ils s'aperçoivent de ma fugue, donc il me reste trois ou quatre heures, pas plus. Pour se donner du courage, il allume une cigarette et se met à siffloter. *Ce qui compte, c'est d'être prudent.*

Depuis qu'il a arrêté de prendre ses calmants, il a eu le temps de retracer de nombreuses fois dans sa tête l'itinéraire et les différentes étapes de son évasion. Il en a prévu tous les détails, et pourtant il redoute la mauvaise surprise, la rencontre avec un promeneur matinal en quête de champignons. Tony reste sagement près de lui, l'oreille aux aguets.

Sur la petite route tortueuse de Vaudagne, le froid saisit Lucien à travers ses habits trop légers. Les mains au fond des poches, il se remémore sa vie de varappeur. Les accidents évités de justesse, les clients inconscients du danger et demandant toujours plus. Ceux qui n'avaient plus la force de redescendre et qu'il fallait porter comme des paquets.

— T'en fais pas, mon Tony, on s'en tirera, tous les deux.

Il a un peu mal aux jambes, mais ce n'est pas grave, car apparaît enfin la vaste étendue boisée du Prarion, qu'il connaît sur le bout des doigts pour être venu chasser sur ce territoire pendant plusieurs années. Il sait même où se trouvent tous les passages des sangliers et des chamois.

— Venez, on est sur le bon chemin. Au bout, c'est les Chavants. Ici, personne ne viendra nous chercher. Sauf s'ils entreprennent une battue, mais j'y crois pas.

Dans son souvenir, une cabane se trouvait au bout d'un sentier entre les rochers. Le chemin a disparu sous les ronces, mais le grand épicéa qui s'élève devant lui indique que l'abri n'est pas loin. Lucien avance parmi les fougères, qu'il essaie de ne pas casser. Galopin s'est éloigné, et Tony, la truffe au sol, les oreilles dressées, a senti la piste du lapin.

Ils arrivent au lac des Chavants, immobile dans la lumière laiteuse du matin. Des lambeaux de brume se déplacent mollement à la surface. Aux Prés d'Or, on doit s'être aperçu de son absence et avoir averti Alain et Pauline, les gendarmes et les pompiers sont sans doute déjà à ses trousses, mais cela ne tracasse pas le vieil homme.

Il longe la rive. Si ses pas ne s'impriment pas sur le gravier tassé, un bon chien pourrait le flairer. Mais ce n'est pas à un vieux braconnier qu'on apprend ces choses-là ; il sait comment brouiller sa piste. *Supposons qu'ils arrivent à me retrouver ici, ce qui est peu probable, puisque les chiens ne pourront pas retrouver ma trace au milieu de la route et que j'ai fait pas mal de détours et de crochets pour les tromper, mais supposons quand même : je dois les égarer le temps qu'il me faut pour aller au bout de mon affaire.*

Il se déchausse en riant. Ce qu'il entreprend est totalement insensé pour un homme de son âge, malade de surcroît, mais il s'en moque. Retroussant les jambes de son pantalon, Lucien s'aventure dans l'eau froide. À cet endroit, le lac est peu profond sur plusieurs dizaines de mètres ; de quoi égarer les meilleurs limiers. Il marche, de l'eau jusqu'aux genoux, tandis que, sur la berge, Tony le regarde, étonné.

— Allez, viens, toi aussi, il faut que tu passes dans l'eau, on ne sait jamais. Galopin n'est qu'un chat comme tous les autres, mais toi, tout le monde sait que tu vas où je vais.

Le chien hésite encore puis finit par avancer dans le lac jusqu'au ventre. Le fugitif longe la berge, ses chaussures à la main, et parcourt ainsi une cinquantaine de mètres avant que sa vue ne se trouble. L'horizon se met alors à danser, et la surface de l'eau remonte vers lui comme pour le submerger. Il a conscience de son malaise, mais ne peut rien contre la vague profonde qui lui déferle dessus. Le froid gagne son corps. Où est-il ? Dans sa chambre, à genoux sur le parquet ? À Lumeret ?

Une journée ordinaire commence aux Prés d'Or. Arrive d'abord le chef cuisinier, puis les deux femmes de service qui vont préparer le petit déjeuner. Le directeur ouvre son bureau vers sept heures et demie. Il loge sur place, de manière à rester disponible la nuit si la surveillante doit l'appeler. À huit heures, Mme Guérin passe prendre les médicaments à l'infirmerie, puis se rend au réfectoire, où les pensionnaires les plus matinaux sont déjà installés. Chaque matin elle apporte les journaux, qu'elle distribue sur les tables. Le dimanche, le curé vient dire la messe à la chapelle, et parfois aussi le samedi après-midi.

Lorsqu'elle a fini de déjeuner et de s'occuper de son mari, Marguerite se dirige vers la chambre de Lucien pour sa visite matinale. Elle frappe, puis entre sans attendre la réponse : la chambre est vide, et le courant d'air la surprend, car son ami n'ouvre jamais la fenêtre. Ses doutes étaient fondés ! Elle ne peut retenir un sourire : le Lucien frondeur de son enfance est toujours vivant !

Inutile d'aller voir au réfectoire ou de poser des questions à l'infirmière. Le vieux fourbe s'est fait la belle, elle en a la certitude. Cela lui ressemble bien, mais il court un grand risque. Marguerite avertit donc le directeur, qui a du mal à la croire et ordonne qu'on fouille la maison : pas de Lucien. Jacques Pélegret est obligé de se rendre à l'évidence :

— Il est bien parti.

— Nous perdons du temps. Il triche depuis un moment…, affirme la vieille dame.

— Pourquoi ne m'avez-vous pas prévenu ?

— Parce qu'il m'a bernée moi aussi. Après coup certains détails prennent leur véritable signification.

Avant de donner l'alerte, le directeur rameute les pensionnaires valides et le personnel disponible, jusqu'au chef cuisinier, qui abandonne ses fourneaux pour participer aux recherches. On fouille le parc et les alentours pendant plus d'une heure. L'évidence s'impose : Lucien a trouvé assez de force pour aller se perdre dans la campagne. Appelé en renfort, le Dr Girard arrive en trombe.

— Il est très vulnérable ! dit-il, affolé. L'effort va le tuer ! C'est un mort que vous cherchez à cette heure !

Jacques Pélegret ne cache pas sa colère. La presse va s'emparer de l'affaire à un moment où il a postulé pour diriger un établissement plus important. Il doit pourtant se résoudre à appeler la gendarmerie.

Deux fourgons arrivent presque aussitôt, et le commandant Lejeune s'approche des gens qui se concertent près du portail.

— Il ne peut pas être allé très loin, se rassure le Dr Girard, son traitement l'affaiblit considérablement.

— Bon, répond le commandant en se tournant vers ses hommes, nous allons faire une fouille systématique des alentours.

Alain n'a pas pris le temps de se raser ; son visage fripé témoigne d'une réelle angoisse. Il ne comprend pas : hier son père était si fatigué qu'il arrivait à peine à marcher tout seul…

— Il a passé l'après-midi à somnoler dans un fauteuil.

— Eh bien, il cachait son jeu, s'emporte Pélegret. Ce gars-là est le plus roué que je connaisse.

Alain mesure l'ampleur de sa responsabilité. C'est lui qui a insisté pour que son père aille aux Prés d'Or. Comme il n'y avait pas de place, Pélegret s'est arrangé pour libérer une chambre et mettre Lucien en tête de la liste d'attente.

— Mais qu'est-ce qu'on pouvait faire d'autre ? s'exclame-t-il en regardant son ami, qui lui répond par un haussement d'épaules.

Pauline arrive à son tour, après avoir confié ses élèves à ses collègues. Son frère remarque son visage défait, ses cheveux en bataille. Elle l'embrasse et soupire.

— Mais qu'est-ce qui lui a pris ?

Elle aussi éprouve un sentiment de culpabilité et a la certitude de ne pas avoir fait son devoir. Seule entre ses quatre murs, dans un espace guère plus grand qu'un studio des Prés d'Or, elle ressasse constamment les mêmes pensées : son père, son mari, sa fille. A-t-elle eu raison de quitter Pierre-André ? Surtout pour Sophie, qui s'en moque ? Il lui semble avoir perdu sur tous les tableaux.

Alain propose de participer aux recherches, et sa sœur se joint à lui.

Au bout de deux heures, les gendarmes sont certains que Lucien n'est pas dans les parages, et le commandant Lejeune appelle en renfort les pompiers de Saint-Gervais.

— Où pourrait-on le pêcher ? s'interroge Jacques Pélegret. Franchement, je n'en sais rien ! On pourrait supposer qu'il a tenté de rentrer chez lui. Mais c'est à quatorze kilomètres, ça fait quand même une trotte !

— Vu son traitement, impossible qu'il ait pu parcourir quatorze kilomètres en une nuit, déclare le Dr Girard, sûr de lui.

Alain a dû annuler ses rendez-vous de la matinée, et à présent il perd son temps. Mais comment peut-il s'en aller sans passer pour un mufle ? Il s'en prend à sa sœur, qui sèche ses larmes.

— Ça ne sert à rien de pleurer ! la rudoie-t-il.

— Et si papa est mort dans un fossé, comme un chien ?

— C'est ce qui peut lui arriver de mieux !

Marguerite est là, debout entre Alain et Pauline, et elle aussi se sent responsable de la fugue du vieux guide.

— Vous n'avez pas une idée ? lui demande M. Pélegret. Il ne vous a pas dit quelque chose qui pourrait guider nos recherches ?

— Non, rien.

Pauline ne peut s'empêcher de penser que son père est décédé dans un fossé boueux ; elle imagine son corps recroquevillé, aussi sale que celui d'une bête, d'une charogne, et se trouve elle-même repoussante.

— Bon, déclare Alain en jetant un regard à sa montre, ma place est sur le terrain.

— Moi aussi, fait Pauline en lui emboîtant le pas.

La fuite de leur père les rapproche. Alain, qui regrette son mouvement d'humeur, invite sa sœur à monter dans sa voiture afin de rejoindre les pompiers qui inspectent les abords de la route des Houches. En effet, selon le commandant Lejeune, qui n'en est pas à sa première expérience avec les vieux radoteurs, Lucien a probablement tenté de rentrer chez lui.

— Quand ils sentent que la fin arrive, ils éprouvent le besoin de revenir à l'endroit où ils ont vécu.

— Alors ce n'est pas gagné, réplique Pauline, affectée par cette remarque. Parce que mon père a surtout vécu en montagne.

Alain, lui, est convaincu que Lejeune a raison : la logique veut que Lucien soit rentré à Lumeret.

— Pour le Dr Girard, il est impossible que mon père ait parcouru tout ce chemin en une nuit, mais moi je ne serais pas aussi catégorique. Nous avons affaire à un ancien guide de haute montagne, ne l'oublions pas. Il a marché toute sa vie, et sur des distances beaucoup plus grandes.

— Très bien, répond Lejeune. Si vous trouvez quelque chose, appelez-moi.

Alain dépasse les maisons de Servoz, quitte la nationale pour la petite route de montagne en direction des Chavants. Tassée sur son siège, Pauline se sent très mal à l'aise à côté de ce frère si sûr de lui et à qui tout réussit. Lorsqu'ils traversent la forêt, Alain se souvient que Lucien venait chasser dans ce massif au tout début de sa retraite.

— Impossible qu'il soit arrivé jusque-là, dit-il pour lui-même. Mais avec lui, « impossible » n'a pas de sens.

— Peut-être qu'il ne prenait pas son traitement, ose Pauline.

— L'infirmière est formelle : elle ne quitte pas les malades tant qu'ils n'ont pas avalé leurs cachets.

Le silence s'installe entre eux. La jeune femme sent les larmes rouler sur ses joues, mais ne les essuie pas. La disparition de son père la met face à sa propre errance, face à ses doutes, au sentiment de ne jamais faire ce qu'il faudrait.

— Ça fait trois jours que je suis sans nouvelles de Sophie, dit-elle tout à coup.

— Franchement, ça devient une manie, dans la famille ! grogne son frère. Ta fille, je me demande si ça ne lui fait pas du bien de manger un peu de vache enragée.

Pauline se pince les lèvres. Encore une fois, la difficulté que représente la relation d'une mère avec sa fille adolescente échappe totalement à Alain. Il n'en a aucune idée, et pourtant il insiste :

— Si les jeunes ne savent pas où ils vont, c'est la faute de leurs parents. On veut en faire des adultes avant l'heure et les laisser commander ? Eh bien ils sont perdus parce qu'ils ont manqué d'autorité. Ce n'est pas plus compliqué. Une société survit et se renforce grâce à l'éducation qu'elle dispense. Et la nôtre crève parce que nos dirigeants sont lâches et qu'ils donnent raison à ceux qui crient le plus fort…

Alain est persuadé que Pauline a très mal élevé sa fille, et il lui en veut de n'avoir jamais accepté le moindre conseil de sa part.

— J'ai l'impression d'entendre papa !

Cette remarque contrarie Alain.

— Qu'est-ce que tu vas faire ? demande-t-il.

— Je ne sais pas.

La voiture s'engage sur le raidillon de Lumeret et s'arrête devant la maison aux volets clos. Un long braiment l'accueille. Alain s'approche de la barrière et tend la main vers le museau humide de Molette. Pauline traverse la cour, passe dans le potager. Son père est parti depuis deux semaines et les herbes ont déjà poussé dans le sentier. Toute présence humaine a disparu sous les coups de gomme du temps. Elle fait le tour du chalet, dont la porte n'est pas fermée. Si son père était revenu là, la nature en aurait gardé les traces. Elle se penche sur l'allée, inspecte les légumes disparaissant sous les hautes herbes, puis retourne vers son frère, debout au milieu de la cour.

— Qu'est-ce que tu en penses ?

— Personne n'est venu ici.

Ils retournent aux Prés d'Or, où les recherches en sont toujours au même point. Le commandant des pompiers, Ludovic Lebrac, a fait appel à un radiesthésiste qui s'est déjà montré très efficace en pareille circonstance.

— Ça peut paraître simpliste, dit le commandant à Alain et Pauline. On peut ne pas y croire, mais M. Durot nous a déjà aidés.

Au-dessus d'une carte d'état-major étalée à même le sol, M. Durot tient d'une main une photo récente représentant un Lucien souriant entre son chien et son chat devant la porte de Lumeret et, de l'autre, un pendule qui oscille.

— Voilà qui est curieux, dit le radiesthésiste, un petit homme très maigre aux cheveux blancs légers comme du duvet. Je ne le trouve pas dans les parages.

— Comment ça ? demande Lebrac. Le docteur dit qu'il n'a pas pu parcourir plus d'un kilomètre.

— Pour moi, il est allé beaucoup plus loin. Je le situerais dans cette zone.

— Impossible, tranche le médecin.

Le radiesthésiste a souvent donné des indications justes, c'est vrai, se dit Lebrac, *mais parfois tellement floues qu'elles ne prenaient leur sens qu'une fois la personne retrouvée, raison pour laquelle il ne faut pas lui accorder trop de crédit…*

— Bon, tranche-t-il. On va continuer de ratisser le coin en se dirigeant vers la zone indiquée par M. Durot.

Les recherches reprennent et, alors qu'Alain consulte sa montre, le commandant des pompiers lui suggère de regagner son cabinet : sa présence n'est pas nécessaire, et on l'avertira dès qu'on aura du nouveau. Sans un mot, Pauline imite son frère et s'en va.

— Je suis persuadé qu'il est mort, dit Lebrac au directeur des Prés d'Or. S'il était en vie, on l'aurait retrouvé. Il doit s'être terré dans un coin que nous n'avons pas fouillé. Qu'en pensez-vous ? ajoute-t-il à l'intention du radiesthésiste.

— Il y a quelque chose que je ne comprends pas, répond M. Durot. M. Girard affirme que M. Bessette ne peut pas avoir parcouru plus d'un kilomètre, et pourtant moi je le vois très loin d'ici. Et vous, vous êtes persuadé qu'il est mort, alors que mon pendule indique le contraire. J'ai l'impression que je ne vous serai d'aucun secours. Le magnétisme de cet homme est supérieur au mien, et je préfère avoir l'honnêteté de vous dire que je ne peux pas vous aider.

Jacques Pélegret interrompt la conversation. Sa secrétaire vient de l'appeler pour le prévenir qu'elle venait d'avoir Mme Gognet, du refuge pour animaux, au téléphone et que quelqu'un avait libéré cette nuit le chien et le chat de M. Bessette.

— Ça alors, s'étonne le directeur en se tournant vers le commandant. Il serait allé jusqu'au Travers pour récupérer son chien et son chat ?

— Impossible, assène une fois encore le Dr Girard, catégorique. Il y a près de sept kilomètres. Dans son état, il ne peut pas avoir parcouru une telle distance. Son traitement rend la chose absolument inconcevable.

— Alors comment expliquez-vous que les animaux aient été libérés ?

— Je n'en sais rien, mais ce n'est pas Bessette, je vous dis que ce n'est pas possible.

— Eh bien, je propose qu'on aille quand même faire un tour par là-bas ! dit le commandant Lejeune à son équipe.

Sophie a passé la nuit dans le hall de la gare de Chamonix à attendre un fournisseur qui n'est pas venu. Un soleil radieux se lève sur le mont Blanc, scintillant de ses neiges d'été éclatantes, comme poudrées d'étoiles. La jeune fille grelotte. Des touristes équipés de sacs à dos se dirigent vers le téléphérique pour aller passer la journée en montagne. Ce n'est pas encore la pleine saison, mais sous ce généreux soleil il fait bon marcher dans la poudreuse, sur les parcours balisés, à l'abri des avalanches et des crevasses.

Son corps n'est que douleur. L'argent lui manque pour acheter une dose. Comment en trouver ? En faisant ce que lui a conseillé Cédric ? Non, elle ne peut s'y résoudre. Elle se lève et avance lentement dans la rue. À chaque pas, le feu de ses articulations lui arrache une grimace. Elle relève le col de son blouson. Tout son corps est agité de tremblements. Si elle avait son scooter, les choses seraient plus simples, mais Cédric le lui a pris.

Sa torture dure depuis des heures. Des glaçons gèlent la surface de sa peau ; des tisons lui brûlent les entrailles. Ses yeux clairs se posent sur un homme bedonnant d'une cinquantaine d'années. L'homme lui sourit et ralentit sa marche. Sophie imagine ce corps mou contre le sien et s'éloigne en courant. Jamais elle ne pourra se prostituer, car elle y perdrait tout ce qui lui reste d'amour-propre. La seule solution pour trouver de l'argent reste donc le vol.

La ville s'anime, et Sophie se dit qu'elle pourrait s'introduire dans un hôtel de luxe pour visiter les chambres au moment où les employés font le ménage, mais elle y renonce, certaine de se faire prendre. Elle quitte le centre-ville, se place sur le bord de la route et agite la main. Une voiture s'arrête. Au volant, un homme d'un certain âge, très distingué lui demande où elle souhaite aller.

— À Saint-Gervais, répond-elle en s'asseyant à côté de lui.

— Vous avez froid ? s'inquiète le conducteur au bout de quelques minutes ? Vous voulez que je mette le chauffage ?

— Non, ce n'est pas la peine.

Le voyage lui semble interminable, mais la voilà enfin chez elle. Chaque rue, chaque maison lui est familière. Ici, le conservatoire de musique où elle prenait des cours de violon, là, l'école maternelle où sa mère venait la chercher, toujours en retard. Et là, le collège où ses bonnes notes lui valaient les félicitations de sa grand-mère Marie-Odile. La Sophie douée pour le français et les mathématiques n'est pas celle qui grelotte dans son blouson trop léger et marche au hasard dans une ville qui la rejette.

Enfin apparaît l'imposante propriété des notaires Lamotte. Deux maisons sur un même terrain de près d'un hectare. Celle de ses grands-parents, qui borde l'avenue de Warens, est reliée par une allée bordée de massifs à celle de ses parents, sur l'avenue des Aravis. Redoutant qu'on ne la voie, Sophie s'éloigne en baissant la tête.

Elle sort son téléphone de sa poche et compose machinalement un numéro.

— Allô, Cédric ?

— Tu as le fric ?

— Il faut que je te parle. Je peux pas tenir, je tremble, je peux rien faire… Il faut que…

— À tout de suite !

Elle retourne au carrefour. Il arrivera par la droite, et elle voudrait courir pour aller au-devant de celui qui lui apporte la vie. Son portable sonne ; elle hésite. Depuis trois jours, sa mère ne cesse de l'appeler, mais Sophie ne veut pas lui parler. Ce matin, pourtant, à cause du froid hérissant sa peau, des lames de feu qui lui brûlent l'estomac, à cause de cette impression de n'être plus rien, de ne pouvoir rien attendre de personne, elle porte l'appareil à son oreille.

— Ma chérie, enfin..., dit une voix affolée. Je me faisais tellement de souci...

— T'en fais pas, maman, je suis chez une copine.

— On a perdu ton grand-père. Je reviens des Prés d'Or. Il était sous tranquillisants, mais il a quand même réussi à s'en aller. Les pompiers et les gendarmes le cherchent. Vu sa maladie, ils sont très pessimistes !

La nouvelle ne surprend pas la jeune fille, qui en oublie un instant ses douleurs, mais ne trouve pas les mots pour exprimer son sentiment.

— Sophie, tu m'entends ?

— Oui, maman. Je pense à grand-père. Qu'est-ce qui lui est passé par la tête ?

— On ne sait pas. On craint le pire.

Cédric arrive, sur le scooter de Sophie. Son casque le rend méconnaissable, mais c'est bien sa voix qui lui ordonne de monter.

Elle coupe la communication, incapable de s'opposer, incapable de refuser quoi que ce soit pourvu qu'elle puisse s'injecter la dose qui la sauvera, qui lui redonnera sa joie de vivre. Le scooter se dirige vers la cité du Val-Bleu, où s'élèvent des cubes blancs et réguliers. Deux tours semblent veiller sur un troisième bâtiment, tout en longueur. Sophie sait que le repaire des dealers est là, pourtant le scooter continue sa route jusqu'à la périphérie de la ville pour s'arrêter près d'une maison abandonnée au bout d'une impasse. Le conducteur pose son casque.

— Viens.

— Qu'est-ce qu'on fait, là ?

— Tu vas comprendre.

Ils entrent dans une cour envahie d'herbes sèches. Un homme d'une trentaine d'années, sombre, le regard fixe et menaçant, sort sur le perron.

— La fille est là, dit Cédric.

— Bon, laisse-nous.

Cédric entre dans la maison par la porte défoncée. Un instant, Sophie se dit que l'homme qui avance vers elle est dangereux, qu'elle doit fuir, mais le besoin d'héroïne la retient comme la plus solide des laisses.

— Donc tu veux de la camelote et tu n'as pas de quoi la payer, c'est bien ça ?

La jeune fille baisse les yeux.

— Cédric t'a expliqué comment tu pouvais ramasser du fric, beaucoup de fric. Pourquoi t'as pas suivi ses conseils ?

— Parce que je veux pas faire la pute.

— Ah bon ? Et alors comment tu vas payer ton petit plaisir ?

Elle ne répond pas. Il la saisit par son blouson et lui administre une énorme gifle. Elle pousse un cri et tente de se libérer, mais l'une de ses mains la tient fermement pendant que l'autre lui frappe le visage et les seins. Elle roule au sol en se tortillant pour échapper aux coups de pied. En retrait, Cédric assiste à la scène, un sourire méchant sur les lèvres.

— Relève-toi. Tu vois ce qui t'attend si tu ne fais pas ce qu'on te dit ? Il te faut du fric, beaucoup de fric, sinon, t'auras rien !

Il rentre avec Cédric. Sophie pleure, vaincue, jusqu'à ce que la pensée de son grand-père en cavale stoppe ses sanglots. Elle se redresse et, d'un bond, court jusqu'au scooter et démarre en trombe. Les deux garçons essaient de la rattraper, mais il est trop tard. La douleur ronge le corps de la jeune fille, pourtant elle éprouve une immense satisfaction à l'idée d'avoir accompli un acte de liberté, le premier depuis longtemps. Comme Lucien, elle fuit. Mais une voiture la poursuit, et, à l'embranchement du chemin et de la route, elle doit s'arrêter. Le véhicule heurte le scooter, et Sophie fait un vol plané, puis entend Cédric lui crier :

— Alors, comme ça, tu voulais t'échapper ? C'est pas bien, ça !

Il sort de sa poche un petit paquet de poudre blanche et le brandit sous son nez.

— De quoi tenir une journée ou deux, pas plus, ajoute-t-il en se penchant au-dessus d'elle. Bien sûr, il faut le mériter.

L'héroïne a gagné. Sophie se relève lentement, essaie de s'emparer du sachet, mais Cédric est plus rapide.

— Il faut que tu paies. La solution, je l'ai, mais il faut que tu arrêtes de faire la forte tête.

— Je ferai ce que tu voudras.

— Puisque tu ne veux pas jouer la pute, je vais te donner une autre idée. Ta grand-mère se promène tous les après-midi avec sa copine, la femme du maire de Saint-Gervais. Elle porte un super-collier de perles. Il me le faut ; débrouille-toi.

Il remonte dans la voiture et part en marche arrière, laissant la jeune fille debout à côté du scooter qui perd de l'essence.

Les pompiers et les gendarmes gagnent le refuge du Travers. La disparition du chien et du chat peut être l'indice, la preuve que Lucien a bel et bien parcouru plus de chemin que ne le pense le Dr Girard.

Le commandant Lejeune téléphone à Saint-Gervais pour qu'on lui envoie un maître-chien. Le flair d'un animal bien dressé vaut mieux que toutes les suppositions. Il est midi et il fait très chaud. Les hommes s'épongent le front en fouillant les taillis entre les blocs rocheux. Des empreintes de pas sur le sentier boueux indiquent clairement que quelqu'un s'est introduit dans le refuge en passant près du pignon de la grange. Des traces conduisent à l'endroit où Tony et Galopin étaient enfermés, mais rien ne prouve que ce sont celles de Lucien Bessette.

Une heure plus tard, le maître-chien arrive avec son berger allemand, et on fait renifler à l'animal une veste appartenant au fugitif. Le chien trouve aussitôt une piste, quitte le refuge et part dans la direction indiquée par le radiesthésiste.

— Cette fois, c'est certain, constate Lejeune, notre client est bien passé ici, et c'est lui qui a libéré son chien et son chat.

Face à l'évidence, le Dr Girard admet enfin son erreur :

— Alors il n'a pas pris son traitement, et dans ce cas il est plus en danger que jamais !

On avertit Alain. Pauline apprend la nouvelle dans sa classe par l'intermédiaire du directeur de l'école. Elle sourit elle aussi : son père correspond encore à l'image qu'elle s'en est toujours faite, c'est le Lucien Bessette qu'elle aime, et il chasse momentanément celui qu'elle ne peut supporter.

Les pompiers avancent encore une partie de l'après-midi sous une chaleur torride, puis arrivent au lac des Chavants. Le berger allemand piste la trace du fugitif jusqu'au bord de l'eau, où il la perd.

— Il est entré dans le lac ici, dit le maître-chien.

— Difficile à croire ! persévère le médecin qui a suivi, sa trousse d'urgence à la main.

Le chien poursuit ses recherches autour de l'étendue d'eau, mais ne trouve plus rien. Un constat s'impose : Lucien est entré dans l'eau et n'en est pas ressorti. Il s'est donc noyé.

Le commandant Lebrac fait aussitôt appel à une équipe de plongeurs, qui arrive une heure plus tard pour chercher le corps dans des eaux sombres et glacées. Alain et Pauline sont déjà là, et le soleil cogne toujours aussi fort. Des nuages se forment haut dans le ciel au-dessus des montagnes, annonciateurs d'un orage pour la nuit.

Une fois équipés, les plongeurs s'enfoncent dans les profondeurs. Sur la rive, pompiers et gendarmes attendent, tandis que le maître-chien fait encore une fois le tour du lac et inspecte les berges du torrent qui en part. Légèrement en retrait, Pauline sèche les larmes qui noient ses yeux, et auprès d'elle, grave, Alain comprend le geste de son père. À sa place, n'aurait-il pas agi de la même manière ?

— Tout ça, c'est notre faute ! murmure la jeune femme.

— Nous avons fait notre devoir, réplique vivement son frère.

Il dit cela pour dissiper sa rancœur : son père se serait-il noyé pour leur faire payer de l'avoir enfermé aux Prés d'Or ?

Les heures défilent. Alain appelle Anne, qui doit justifier son absence auprès des patients du dentiste, puis le téléphone de Pauline sonne : Pierre-André vient aux nouvelles. Pauline lui répond sèchement que les plongeurs sont encore sous l'eau, que le lac est truffé de grottes immergées et qu'il faudra beaucoup de temps pour retrouver le corps. Son mari acquiesce, puis ajoute :

— Ce serait bien si on pouvait parler, tous les deux.

Elle coupe la communication sans répondre, étonnée par l'accent de sincérité de son mari. Émue, au fond de son cœur s'allume un peu d'espoir, une petite lumière aussi vive qu'un diamant.

Là-bas, au milieu du lac, l'eau bouillonne. Pauline et Alain retiennent leur respiration, mais ce n'est qu'une fausse alerte. Deux heures plus tard, les plongeurs sont de retour sur la berge, bredouilles.

— Le fond est très difficile. Le corps peut être bloqué quelque part. Il faut fouiller partout, et ça peut pendre plusieurs jours.

La mine renfermée, Alain se décide :

— Bon, je ne suis d'aucune utilité ici, dit-il au commandant Lebrac. Je retourne travailler. S'il y a du nouveau, vous avez mon portable.

Il empoigne le bras de sa sœur, un geste de solidarité dont il n'est pas coutumier.

— Viens. Ça ne sert à rien de te faire du mal.

— Je vais rentrer chez moi, murmure-t-elle. T'en fais pas, ça ira.

Elle monte dans sa voiture, met le moteur en route et repart sur le chemin de terre.

La solide constitution de Lucien a vite repris le dessus. Son malaise n'a pas duré, heureusement. Le soleil est monté dans le ciel sans nuages, et sa chaleur a commencé à brûler les épaules de l'homme aux jambes glacées. *Bon,* s'est-il dit lorsqu'il est revenu à lui. *Je suis là, avec Tony et Galopin. Je suis venu parce que je connaissais l'endroit. Et maintenant, qu'est-ce que je fais ?* Il a pris le temps de remettre bout à bout ses idées, de réfléchir, puis un sourire a éclairé son visage. *C'est bien beau, tout ça, mais j'ai du pain sur la planche !*

Tony se gelait les pattes près de lui et le regardait d'un air interrogateur. Le vieil homme a repris sa marche sur une centaine de mètres puis, avant de sortir de l'eau, il a pris dans sa poche deux sacs en plastique dans lesquels il a enveloppé ses pieds bleuis par le froid. Ainsi chaussé, il a gagné la petite cabane couverte de lierre en faisant bien attention à ne pas froisser les hautes herbes et les orties devant l'entrée. Il s'est assis sur un rondin de bois et a mangé tranquillement, son couteau à la main. Quand il a eu fini, il s'est étiré de tous ses membres pour vérifier que son corps fonctionnait parfaitement. *Il me manque qu'un bon verre de vin !* Tony l'observait en remuant la queue. À cette heure avancée, pompiers et gendarmes devaient être à ses trousses ; il lui fallait redoubler de prudence.

La fatigue alourdissait ses jambes, que son séjour dans l'eau avait endolories, mais ce n'était pas le moment de se reposer. « Je dormirai plus tard ! » avait-il dit à son chien en allumant une cigarette, avant de se remettre en marche pour gagner un ruisselet coulant sur des galets cuivrés et de s'y désaltérer en buvant dans ses mains. La journée était radieuse. *Le vent est bien placé*, a constaté Lucien, *mais attention aux* ravoures *sur le mont Blanc... Ça fait* mé pi pas pi ! Cette expression de patois qui le rattachait au monde des vivants l'a fait sourire. Lorsque Tony s'est éloigné en reniflant les herbes, le vieil homme l'a sifflé pour le rappeler, puis ils ont marché dans les sous-bois, en retrait de la route. Leur progression est devenue plus difficile quand ils ont abordé une pente abrupte encombrée de blocs rocheux se dressant entre les arbres. Lucien avait beau connaître les lieux, il perdait du temps à chercher des passages et redoutait de se faire surprendre par un promeneur. Alors qu'il suait à grosses gouttes, il pensait à Alain, qu'il avait bien berné. *S'il n'avait pas été gâté par l'école, j'en aurais fait quelqu'un, et on aurait bien rigolé, tous les deux !* Ce regret de ne pas avoir pu faire de son fils son meilleur copain le hantait toujours. Certes, son garçon ne s'était pas trop mal débrouillé, son cabinet dentaire marchait bien, mais quelle satisfaction pouvait-il bien retirer de journées passées à trifouiller dans la bouche des gens ? *La vraie vie, c'est le grand air. La montagne, la peur au ventre qu'on mate comme une mauvaise bête.* Anne avait contribué à éloigner son mari d'un père fugueur, à qui le fils ressemblait pourtant malgré lui. *Quelle mollassonne ! Son envie d'enfants la préoccupe tellement qu'elle ne voit même pas qu'Alain est malheureux !* Pour Lucien, effectivement, toute personne ne vivant pas comme lui était condamnée au malheur.

Lorsqu'il a estimé être suffisamment loin du lac, n'ayant pas oublié ses bonnes habitudes de guide, Lucien a décidé de manger un peu pour chasser la fatigue. À midi, près de la cabane, il n'avait pas osé toucher au fromage, par crainte que l'odeur persistante ne le trahisse. Mais, le soir, il a ouvert le sac en plastique et, quoique habitué aux puissants fromages locaux, les effluves pestilentiels de celui-ci l'ont surpris. Avec la lame de son couteau, il en a étalé la crème fétide sur une tartine de pain sec. *De toute façon, le fromage, si ça pue pas, c'est pas du fromage !* a-t-il pensé en s'essuyant la bouche sur la manche de sa veste. Le soleil est passé derrière la montagne, et Lucien a rangé l'infecte pourriture dans son sac pour se remettre en marche. La nuit tombant, peu de voitures passaient désormais sur la route en contrebas.

Maintenant que les étoiles scintillent, le guide à la retraite se représente la douce chaleur d'un refuge, un casse-croûte entre copains, les petits verres à la régalade. Avant, à la mauvaise saison, il travaillait dans l'équipe de surveillance des avalanches à la station de ski et passait beaucoup de temps au bistrot.

Voici venir Lumeret, dans la dernière montée après la ferme de Josette et Roger Pélerin. La masse de sa maison se découpe sur un ciel clair. Sur sa droite, il devine le long bâtiment où hivernaient les vaches, la salle de traite, la grange à foin. Un long braiment s'élève dans la nuit telle une prière triste.

— Écoute-moi, Molette, tu vas rester bien tranquille. Dans l'histoire, c'est toi le plus veinard !

L'âne secoue sa longue tête comme pour manifester son désaccord, tandis que les chiens de Roger Pélerin se mettent à aboyer. Lucien attend qu'ils se calment, mais Molette brait de nouveau avec insistance.

— Ah, non ! Tu vas pas t'y remettre ! dit-il avant de passer dans le potager éclairé par la lune.

Parmi les hautes herbes qui ont envahi le jardin se trouvent quelques légumes abandonnés. *Je vais lui donner une friandise, ça le fera tenir tranquille !* se dit le fugitif en arrachant une poignée de carottes qu'il tend immédiatement à la bête, très satisfaite.

Lucien ouvre sa maison grâce au trousseau de clefs que personne ne lui a jamais demandé de restituer. Il longe le couloir et passe dans la buanderie, derrière la cuisine, avec autant de précautions qu'un cambrioleur. Dans un sac, il constitue une bonne provision de boîtes de conserve, du jambon, puis prend du pain dans le congélateur et ouvre en grand la porte du garage. Sous le pot de fleurs du chalet, il récupère la clef de sa voiture. Alain a parlé de donner la Clio à Sophie, mais rien ne peut se faire sans l'accord de Lucien, qui pour le moment en est encore le propriétaire.

Un miaulement le fait sursauter.

— Galopin ! Tu m'as fait peur ! Qu'est-ce que tu fiches là ?

Le chat vient se frotter contre ses mollets, passe sa tête sous la main tendue et se caresse lui-même dans un puissant ronronnement.

Tout à coup, le bruit d'un moteur deux temps approche par la route, puis s'arrête au bas du raidillon. Lucien tend l'oreille. *Qu'est-ce que c'est, encore ?* se demande-t-il en maintenant Tony près de lui. *Il faut que j'aille voir ça…*

La musique de son téléphone portable fait sursauter Sophie. Elle se dresse sur ses coudes et voit l'essence s'échapper du réservoir de son scooter. Comme la sonnerie insiste, elle sort l'appareil de sa poche. Que lui veulent encore ses agresseurs ?

La voix pleine de larmes de sa mère lui annonce que son grand-père est mort, et Sophie pousse un cri. La jeune fille insensible redevient soudain la libellule, la gamine qui passait ses vacances à Lumeret et ne quittait pas le vieil homme, dont elle se sentait tellement proche.

— Il est allé à pied des Prés d'Or au lac des Chavants, poursuit Pauline, et il s'est noyé.

L'adolescente éclate en sanglots : avec son grand-père, c'est tout le miel de son enfance qui disparaît. Autant la mort de sa grand-mère l'avait laissée désemparée, autant celle de Lucien la met face à sa propre monstruosité. Mais le manque d'héroïne chasse bien vite les larmes et les bons sentiments. La douleur lui rappelle qu'elle doit encore et toujours trouver de l'argent. Une idée saugrenue longtemps refoulée lui revient : aux Houches, c'est l'heure où Louise Janica ferme son tabac-presse, et elle doit avoir toute la recette de la journée dans sa caisse. Son grand-père aimait bien cette grande femme maigre à la voix rauque. Ils bavardaient souvent ensemble quand il allait acheter ses cigarettes… Mais Lucien est mort. Et Sophie doit trouver de l'argent. Coûte que coûte. Elle a tout ce qu'il lui faut dans la sacoche de son scooter : une cagoule noire et un pistolet en plastique lançant de petites billes, qui ressemble à s'y méprendre à une vraie arme… Le problème, c'est qu'elle risque de tomber en panne d'essence, et qu'elle n'a plus un sou. Et on pourrait la reconnaître aux Houches. Inutile d'attirer l'attention de la gendarmerie, elle a déjà bien assez à faire avec ses dealers.

En revanche, il y a une autre solution. Si Sophie n'a plus ni grand-père ni grand-mère, il lui reste les bijoux de Claire, quelque part dans un coffre en bois, dans l'armoire de Lucien, tout près. Au loin, les neiges d'été du mont Blanc scintillent encore sous une lune souveraine, une brume légère remonte des vallées. La jeune fille n'arrive pas à se résoudre à rejoindre la maison. Plusieurs heures durant, elle attend, hésite, grelottante, refusant de répondre au téléphone, qui sonne sans cesse. Sa mère la cherche peut-être, et Cédric aussi. Son portable pourrait permettre aux gendarmes de la localiser. Elle l'éteint. Il faut qu'elle se fournisse en drogue, c'est urgent. Elle doit absolument trouver de l'argent ! Après tout, les bijoux de sa grand-mère lui reviennent, en quelque sorte, ils font partie de son héritage. La dernière fois, quand elle a volé de l'argent à son grand-père, l'histoire n'est pas sortie de la famille. Même si on la soupçonne, personne ne la vendra.

Elle arrive à Lumeret, pousse son scooter jusqu'à l'ancien four à pain que Lucien allumait parfois, l'été, pour cuire de magnifiques tourtes dorées qui craquaient en exhalant une merveilleuse odeur. Elle dissimule le deux roues derrière les fagots qui attendent, patiemment empilés, la prochaine flambée que nul autre ne saura faire, puis se dirige vers la bâtisse aux volets clos en pensant au coffret en bois où sont rangées des pièces d'or anciennes, des bagues venues d'une tante, deux broches, un petit trésor largement suffisant pour la dépanner. La porte n'est pas verrouillée, ce qui l'étonne. Sa connaissance des lieux lui permet de se diriger sans lumière.

Dans la chambre, elle allume la petite lampe de chevet, dont la lumière ne se verra pas de l'extérieur. La boîte est là, à l'intérieur de l'armoire, sur une pile de linge. La jeune fille cherche la clef entre les vieilles photos qu'elle a toujours vues, et sur lesquelles apparaissent les visages austères de ses ancêtres. Elle ouvre le coffret, fourre les bijoux dans la poche intérieure de son blouson, hésite encore un instant, mais les tremblements qui l'agitent sont impératifs ; elle se dirige vers la porte quand une silhouette lui barre le chemin.

— Qu'est-ce que tu fais là ?

Sophie pousse un cri. Devant elle, dans la pénombre, son grand-père, qu'elle croyait noyé dans le lac des Chavants, la regarde d'un air sévère.

— Tu vas me répondre ? Qu'est-ce que tu fais là ?

Elle n'arrive pas à prononcer le moindre mot. Son esprit reste bloqué sur cette vision impossible, ce revenant.

— Tu viens chercher les restes, c'est ça ?

— Mais…

La jeune fille recule, regarde de nouveau Lucien, qui écarte les bras pour l'empêcher de passer. Ce n'est pas un revenant, c'est bien lui, en chair et en os.

— Maman m'a dit que…

— Que j'étais mort ! C'est vrai, je suis mort pour tout le monde, sauf pour toi.

Sophie a la terrible impression de se vider de sa substance, de n'être plus qu'une enveloppe parcourue de brûlures. À sa douleur physique s'ajoute le sentiment de sombrer dans un puits sans fond.

— Laisse-moi passer.

— Pas si vite. J'ai tout vu. Ça fait un quart d'heure que je te regarde farfouiller dans le coffret de ta grand-mère. C'est ton déculotté qui t'envoie ?

— Il faut que je parte, répète Sophie en tentant vivement d'écarter le vieil homme, qui n'a pas de mal à l'en empêcher.

Les mains de l'alpiniste, habituées à cramponner les moindres aspérités de la roche, sont aussi solides que des tenailles. Elles se ferment sur le bras de la jeune fille, qui tente de se dégager mais ne peut que gesticuler.

— Tu vas m'écouter, dit Lucien. Les gens me croient mort quelque part au fond du lac, et j'ai fait tout ce qu'il fallait pour. Maintenant, ça me laisse le temps d'aller où je dois aller.

Sophie claque des dents, et la certitude qu'elle ne pourra pas s'approvisionner à temps ajoute à sa douleur une horrible angoisse. Des sanglots soulèvent ses épaules, mais Lucien ne la lâche pas.

— Tu comprends bien que je ne peux pas te laisser partir... tu irais leur raconter que je suis vivant !

Il parle comme ça, Lucien, mais au fond, la présence de sa petite-fille le tracasse énormément. Il ne peut pas la laisser partir, c'est certain, mais il ne peut pas non plus l'emmener avec lui : elle serait incapable de le suivre. Il regrette de s'être montré mais, lorsqu'il l'a vue ouvrir le coffret, son sang n'a fait qu'un tour.

— Dis-moi où se trouve ton déculotté, que j'aille lui expliquer ma façon de penser !

— Je ne te dirai rien.

La jeune fille se ravise : braquer son grand-père n'est pas la bonne solution.

— Je te jure que personne ne saura que je t'ai vu ici !

— Tu ne m'as pas répondu. Où est ton marlou, que je lui parle en homme ?

— Je ne peux pas te le dire !

— Si, il le faut ! Sinon, crois-moi, je me débrouillerai pour te dénoncer aux gendarmes. Et puis pourquoi tu transpires comme ça ? Tu es malade ?

Comprenant qu'elle n'a pas d'autre issue, Sophie explose et se dresse face à son grand-père, qui recule le buste comme s'il avait peur de recevoir le venin d'un serpent. Avec une grimace qui enlaidit son beau visage, elle s'écrie :

— Tu veux tout savoir, hein ? Eh bien, je ne vole pas pour lui, mais pour moi. Parce que je suis une camée, une toxico, une droguée ! Tu comprends ? Voilà pourquoi il me faut toujours plus d'argent ! J'ai des dettes énormes, et si je ne les rembourse pas, ça va mal se passer.

Elle s'effondre devant le vieil homme, toujours imperturbable, sanglote, la tête sur les genoux. Lucien passe sa main de fer dans les cheveux soyeux de l'adolescente, où ses gros doigts s'emmêlent en une caresse qui se veut pleine de compassion.

— Alors, toi aussi !

— Quoi, moi aussi ? Tu ne vas pas me dire que tu te cames à ton âge ?

— Pourquoi ça serait réservé aux jeunes ? demande Lucien en aidant Sophie à se remettre debout. Ma libellule, je sens que tu as froid, même si la sueur mouille ton front. Écoute, moi aussi, je vais te parler franchement : je suis le plus sale bonhomme que la terre ait jamais porté.

La jeune fille tourne vers lui un regard curieux. Dans la pénombre, il lui semble que le visage du vieux guide a rajeuni, et qu'elle est avec un copain de cavale, un mec aussi paumé qu'elle.

— Marie était toute nouvelle au bureau des guides, reprend Lucien. Elle s'occupait du secrétariat et de la comptabilité. La première fois que je l'ai vue, mon cœur a arrêté de battre. J'étouffais, je mourais, j'ouvrais la bouche comme quelqu'un qui se noie ; je ne pouvais plus parler. Et elle ressentait la même chose, elle me l'a dit plus tard... Tu comprends ?

— Non, réplique Sophie, au comble de l'étonnement.

— C'était bien pire que ta drogue à toi. Le soir, je suis rentré à Lumeret et je n'ai rien dit à personne. Je me suis efforcé de ne rien montrer, mais je ne pouvais plus détacher mes pensées d'elle. Il me tardait de la rejoindre. Elle et moi, c'était comme si on se connaissait depuis toujours, comme si notre vie avait commencé au premier regard échangé. Le lendemain, je ne suis pas rentré à Lumeret. Ça a duré cinq ans.

— Je sais, maman m'en a parlé.

— Pas un instant j'ai pensé à ta mère, à ton oncle et à ta grand-mère, pourtant si douce et si dévouée.

— C'est du passé, répond Sophie tout en réfléchissant au moyen de s'échapper. Maman ne t'en veut pas, elle me l'a dit.

— Non, ce n'est pas du passé. Les bêtises ne s'effacent pas avec le temps. Que Marie m'ait tourneboulé, je n'y pouvais rien, mais rendre les autres malheureux, je n'avais pas le droit. On n'assoit pas son propre bonheur sur les larmes de ceux qu'on aime. Quand je m'en suis rendu compte, le mal était fait ! Un guide se doit de ramener ses clients sains et saufs dans la vallée, tu comprends ?

— Non.

Tout en parlant, Lucien réfléchit. La présence de sa petite-fille ne doit pas remettre en cause son projet. Il n'aura pas de troisième chance. Sa santé le laisse tranquille pour l'instant, mais il n'est pas à l'abri d'une nouvelle attaque, et on pourrait le retrouver. Alors il se décide.

— Tu vas venir avec moi.

Sophie l'observe, intriguée. Le ton de son grand-père ne laisse rien présager de bon. Quelle folie a encore pu traverser cet esprit probablement diminué ?

— Où tu veux aller ?

— Tu verras, on n'a pas de temps à perdre.

Elle pense que Cédric et l'autre homme ne tarderont pas à la rechercher, qu'ils la tabasseront, et qu'elle ne peut pas les balancer, sous peine de violentes représailles.

— Alors, tu me dis où tu vas ?

— Non. Je peux seulement te dire que ça ne sera pas de la tarte.

Elle sent dans sa poche le poids des pièces d'or, alors que la sensation de manque grignote son corps, cette horrible impression d'être la proie d'une multitude d'insectes. Lucien sort une cigarette et en tend une à la jeune fille, qui la prend.

— Je croyais que tu n'avais plus le droit de fumer.

— Et alors ? C'est pas les médecins qui vont me dire ce que je dois faire.

Sophie claque des dents. Prise de convulsions, elle tente un pas vers la porte, mais son grand-père l'arrête.

— Bon, c'est très simple : je suis le plus fort, donc je commande. Tu restes avec moi, et tout se passera bien. Si tu cherches à t'enfuir, je t'attache quelque part et je téléphone aux flics, un appel anonyme pour leur dire quelles sont tes activités et où te cueillir.

— Tu ferais ça à ta petite libellule ? Tu te souviens comme on s'entendait bien, tous les deux ?

— N'essaie pas de m'amadouer. Le temps presse ; on y va.

Sophie se recroqueville sur elle-même.

— Où que tu ailles, les gendarmes finiront par te trouver.

— Impossible. Personne ne peut me suivre. Et toi, il va te falloir des tripes, mais au moins tes fournisseurs te laisseront tranquille.

Elle tire nerveusement sur sa cigarette ; la fumée lui brûle les poumons, sans atténuer le besoin de drogue. Elle sait que le plus dur est à venir, et que bientôt elle sera réduite aux pires extrémités.

— Tu me casses les pieds !

— Je m'en fous.

Lucien se dirige vers la porte d'un pas que la jeune fille trouve léger, plein de force contenue, tellement différent de celui du vieillard des Prés d'Or. Le jour naissant jaune et bleu où luit encore la lune ôte du relief aux choses. Des insectes crissent. Le vieil homme tient toujours fermement l'adolescente par le bras, il perçoit tous les spasmes qui agitent ses muscles.

— Mais lâche-moi !

— Non, tu ferais des bêtises. Et sache que j'ai mis ton scooter en panne.

— Vieux con !

Le rire moqueur de Lucien éclate dans la pénombre. Il a eu le temps de préparer son sac de montagne, tout son attirail d'escalade, les cordes parfaitement lovées, les mousquetons, les pitons, les piolets. Il prend tout cela et enfile ses chaussures cloutées.

— Tiens. Cette paire devrait t'aller, dit-il à Sophie. Ça fait bien vingt ans qu'elles n'ont pas servi, mais c'est du bon cuir. Tu les assoupliras un peu sur la moraine et le glacier, et ensuite elles seront comme neuves.

— Mais qu'est-ce que tu manigances ? Tu ne vas quand même pas me dire que…

— Si ! On part pour une grosse. Et comme je veux être bien sûr que tu ne feras pas de conneries, je vais t'attacher.

— Je refuse !

Il charge le sac à côté des provisions dans le coffre de la voiture.

— Ce sera pas le grand luxe, mais on n'en a pas pour longtemps. Tiens, prends la tenue de ta grand-mère, l'anorak et les gants. Elle ne s'en est pas beaucoup servie ; elle n'a pas eu le temps, la pauvre. Allez. Là-haut, il ne fait pas chaud. Si tout va bien, si la météo le permet, on sera de retour demain soir.

— Où ça, « là-haut » ?

Lucien se tourne vers les montagnes qui s'étirent à l'horizon.

— Nous allons prier la Madone ! dit-il sur un ton plein d'emphase.

— Tu es complètement fou ! hurle la jeune fille.

Il regarde autour de lui. Le cri a traversé la nuit et a dû s'entendre chez Josette et Roger Pélerin.

— Tu l'auras voulu ! s'écrie le montagnard en ceinturant Sophie et en la bâillonnant avec une écharpe trouvée dans le sac de Claire.

Elle tente de se libérer, rugit, mais ne peut plus crier. Malgré ses soixante-dix ans, son grand-père est le plus fort.

— Tu vois, je ne suis pas venu jusque-là pour que tu fasses capoter la chose la plus importante de ma vie. Alors je vais t'attacher, te ficeler comme un vulgaire paquet ! dit-il en la ligotant à l'aide d'une corde de rappel. Maintenant, en voiture ! Au fait, est-ce que j'aurai assez de tabac ? J'ai mis quatre paquets dans le sac, ça devrait suffire, non ?

Lucien pousse la jeune fille sur la banquette arrière et fait signe à Tony de monter à l'avant, à côté de lui. Il n'allume pas ses phares.

— Faudrait pas que Josette nous voie. Ah, j'oubliais : le portable de la gamine !

Il fouille dans les poches du blouson et trouve le téléphone, qu'il jette dans le garage, puis monte dans sa voiture.

— On va descendre en roue libre. Faudrait pas que le bruit du moteur nous fasse repérer.

Devant l'enclos de Molette, il s'arrête une nouvelle fois pour aller caresser le museau de l'âne, qui s'est approché.

— Va, mon vieux. C'est comme ça, la vie, les bons moments sont rares. Mais toi, tu es encore jeune, et tu vas rester là. Je te promets que Josette te trouvera une copine, elle me l'a dit. Alors tu ne seras plus seul.

Il ne s'attarde pas. Sophie, recroquevillée sur la banquette arrière, étroitement ligotée et bâillonnée, ne peut faire le moindre geste.

Au bas de la pente, Lucien démarre le moteur et allume les phares, puis la voiture prend la direction de Chamonix.

Sophie gesticule. Lucien a tellement serré l'écharpe autour de son visage qu'elle a du mal à respirer. Tout son corps est malade. Une fièvre lancinante irradie sa poitrine. *Comment se terminera cette équipée avec ce fou ?* se demande-t-elle en grimaçant. Si seulement elle pouvait réfléchir ! Mais le manque envahit tout son esprit et ne lui laisse aucune liberté.

— On ne va pas traverser Chamonix, on pourrait faire de mauvaises rencontres. Je vais prendre la route de la montagne.

Jamais Lucien ne s'est senti aussi bien. Il est dans l'action, exactement ce qui convient à son corps de varappeur, et cette sensation de désobéir à l'univers tout entier, de ne pas se plier aux exigences de l'âge et de la médecine, d'être totalement libre décuple ses forces.

— On va vers le Montenvers.

Il arrête la voiture en bordure du précipice, là où la route défoncée par des mois de gel fait un coude, en descend, suivi de Tony, sort toutes les affaires du coffre et ouvre la portière arrière.

— On va marcher un peu.

Sophie ne bouge pas. Le temps de Lucien est compté. Il l'arrache du siège avec une force étonnante, et la jeune fille se laisse rouler sur l'herbe mouillée.

— C'est pas en faisant ta tête de mule que tu changeras quelque chose. Maintenant que t'es là, t'as plus le choix !

Elle secoue la tête. Lucien dénoue l'écharpe et la corde de chanvre ; l'adolescente se libère d'un cri strident qui part se perdre en échos dans la montagne. Elle trépigne et laisse éclater sa colère. Son grand-père la regarde, plus calme que jamais.

— Quand t'auras fini ton numéro, on pourra passer aux choses sérieuses.

— Mais qu'est-ce que tu veux ?

— Tu vas voir.

Lucien rouvre la portière avant de sa voiture et desserre le frein à main, puis passe derrière et pousse le véhicule, qui roule lentement, prend de la vitesse et tombe dans le précipice avec un bruit d'avalanche. Assise sur la chaussée, Sophie n'en croit pas ses yeux.

— Comme ça, pendant qu'ils nous chercheront dans le trou, nous, on aura le temps d'aller où on veut.

La jeune fille se relève péniblement.

— Lucien, tu es en train de faire la pire des conneries !

Elle vient d'appeler son grand-père par son prénom, comme s'il n'y avait aucun lien de parenté, aucune différence d'âge entre eux, et cela lui semble naturel.

— Enfile cette tenue.

Sophie grelotte et ne rechigne pas à mettre les vêtements chauds que lui tend son grand-père.

— Bon, on y va, annonce-t-il en attachant les sangles de son sac à dos. On va s'encorder, le glacier est dangereux en cette saison.

— Mais, tu n'y penses pas !

— Je ne pense qu'à ça depuis longtemps ! Mets ton harnais et serre-le correctement. C'est lui qui te relie à la vie.

Ils partent. Sophie proteste mais, incapable de résister à la volonté du vieux guide, obéit à la corde qui la tire. Devant, Lucien suit le sentier entre les gros rochers de la moraine vers les premières langues de glace où gargouille une eau de fonte.

— Sur la droite, il y a la cabane de la Charpoua. Bien sûr, on ne peut pas s'y arrêter !

— J'en peux plus. J'ai pas dormi de la nuit.

— Moi non plus. On fera une halte bientôt.

La jeune fille sait qu'en cette saison la mer de Glace est extrêmement dangereuse pour qui ne la connaît pas : de nombreuses crevasses invisibles s'ouvrent sous les pieds des imprudents, et c'est la chute. Lucien a retrouvé ses réflexes de guide et tâte la neige gelée de la pointe de son piolet.

— Mets tes pas dans les miens, et tu ne risqueras rien.

L'adolescente n'en peut plus. Les effets du manque la vident de ses dernières forces, mais quelque chose au fond d'elle la soutient, l'instinct de survie propre aux montagnards, la nécessité de rester calme pour ne commettre aucune maladresse. Le vieil homme de soixante-dix ans dont les pieds fermes vont sur le névé avec plus d'assurance que les siens lui impose sa volonté. Que feraient Cédric et ses copains à sa place ?

Le jour blanchit déjà le ciel derrière l'aiguille Verte. Il fait froid, mais la journée sera chaude, et en quelques heures ils passeront d'un temps d'hiver à la fournaise estivale. La montagne est un lieu d'excès ; tout et son contraire, pas de juste milieu. Et ceux qui l'aiment lui ressemblent ; on ne fréquente pas ce lieu inhospitalier si on n'a pas de comptes à régler avec soi-même.

Lucien a tant de fois traversé ce glacier et les moraines au pied des aiguilles qu'il trouverait son chemin les yeux fermés. Encore une fois, les médecins qui le disaient au bord du tombeau se sont bien trompés. Jamais il n'a senti son corps si fort. À peine quelques douleurs dans les articulations, ces petites brûlures qu'il a toujours ressenties en début de saison lors des premières courses. *Pendant l'hiver, le corps rouille*, pense-t-il, *mais il va bien vite retrouver sa souplesse d'antan !*

— Quand ils vont découvrir la voiture, fait-il à voix haute, ils n'ont pas fini de s'en poser, des questions !

Sophie traîne les semelles. Son pas devient hésitant, mais la corde tendue par le guide l'empêche d'écouter le mal qui la grignote comme une foule de rats. La vieille, c'est elle. À Lumeret, lorsqu'il parlait des plantes et des légumes à sa libellule, Lucien était un retraité ordinaire, un homme tranquille prenant le temps de regarder le vol des oiseaux. Mais voilà l'autre Lucien, celui qu'elle pressentait sous le grand-père attentif, une machine à marcher, un roc sans âge, l'homme des cimes, celui qu'elle admire malgré la situation.

— Lucien, je peux plus. On s'arrête. J'ai soif…, se plaint la jeune fille.

— On fera bientôt une halte, on mangera et on dormira deux heures. Mais on n'est pas en avance.

La marche se poursuit sous les neiges resplendissantes éclairées par le soleil. Les membres de Sophie ne sont que douleur, ses muscles brûlent, son corps est plein de clous incandescents. Sans la corde qui la relie à la silhouette trapue de son grand-père, elle se laisserait tomber sur la glace salie et ne bougerait plus. Elle a vaguement conscience de livrer le combat le plus important de son existence, le seul qu'elle n'a pas le droit de perdre. Son ultime chance.

Lucien emprunte entre les rochers un sentier menant au dédale du début de la montée vers les Drus par la façade nord-ouest. Le passage dit « des Américains » reste dangereux à cause de failles imprévisibles et de roches friables. Mais la véritable ascension commence plus loin, au bout d'une forte pente d'un bon kilomètre, juste après une énorme marmite sous laquelle on passe par une trouée entre deux blocs appuyés l'un contre l'autre.

— Tu ne veux quand même pas grimper là-haut ?

— Bien sûr que si ! Pourquoi j'aurais fait tout ça, sinon ?

— T'y vas seul, moi, je reste en bas.

Sophie avance de plus en plus difficilement. Escalader les rochers de cette côte abrupte lui casse les mollets et aggrave sa souffrance. Elle serre les dents, consciente que son grand-père est un exemple de ténacité, mais que peut-elle, avec des jambes de plomb et des rats dans l'estomac ? À bout de forces, vaincue, elle s'assoit. Lucien tire sur la corde et, puisqu'elle ne bouge pas, insiste.

— Qu'est-ce qui te prend ?

— J'arrête.

— Impossible. Ici, il ne passe jamais personne. Tu dois me suivre.

La jeune fille s'allonge sur les cailloux, la tête dans les mains, poussant des cris de bête blessée. Le vieil homme la saisit vivement par les épaules et la soulève avec une force qui le surprend lui-même. Qui le croirait si costaud, le vieux des Prés d'Or, celui qui peinait pour sortir prendre le soleil au bras de Marguerite ?

— D'accord, on fait une petite halte. Profites-en pour dormir un peu. Il faut qu'on monte pendant la journée. La météo est bonne, mais on ne sait jamais. On passera la nuit en bivouac, et on redescendra demain.

— Je peux pas. Il faut que tu me laisses ici !

— Et qu'est-ce que tu crois ? Qu'on va venir te chercher et te féliciter d'avoir piqué les bijoux de ta grand-mère et la voiture de ton grand-père ?

— Je m'en fous !

— J'ai signé le larcin pour toi, reprend le vieux renard. Ton scooter que j'ai mis bien en évidence dans le four, ton téléphone, tout t'accuse. C'est toi qui as piqué ma voiture. Bientôt ils chercheront ton cadavre dans le précipice.

— Franchement…

Elle reste interdite face à tant de duplicité. En même temps, la pensée que les pompiers cherchent le corps de la Sophie d'hier ne lui déplaît pas ; elle aspire à renaître. Lucien éclate de son rire semblable au glapissement d'un petit animal sauvage, fouine ou putois, s'accroupit près de sa petite-fille et lui prend la main.

— Écoute, ma libellule, l'air des hauteurs est toujours bon pour se refaire une belle paire d'ailes toutes neuves et pleines de forces.

Tony vient se frotter à eux. Ses coussinets se sont usés sur la râpe de la pierre gelée, et il boitille. Lucien déballe le pain et le jambon tandis que le soleil sort derrière la Verte et que le ciel prend une belle couleur d'un bleu profond. Très haut, des oiseaux de proie volent, dominant ce paysage féerique de crêtes et de vallées encaissées, de sommets enneigés et de plantes fleuries.

— Tu ne peux pas me comprendre, c'est sûr, fait le vieux guide sans quitter des yeux le lointain vallon illuminé.

Sophie éprouve pour lui un mélange de curiosité et d'admiration. Il a gardé la casquette neuve que Pauline lui a offerte pour aller aux Prés d'Or, ce qui lui donne vaguement l'allure d'un paysan savoyard se rendant à la foire.

— Je connais mon affaire. Ici, je suis chez moi, poursuit-il. J'avais pas prévu de t'emmener, c'est vrai. Je voulais faire ça tout seul, mais tu t'es fourrée dans mes pattes. Maintenant, je pense que c'est bien pour toi.

— Je peux te le dire, à toi : j'ai l'impression que le diable habite dans ma tête, murmure la jeune fille vaincue en mastiquant son pain et sa tranche de jambon fumé.

— Il ne pourra pas te suivre là où tu vas. Dors un peu.

Elle se pelotonne, la tête posée sur le flanc de Tony, qui lui sert d'oreiller. Lucien regarde son visage encore enfantin. Jamais il ne s'est senti si déterminé. Au bout d'un moment, Sophie ouvre les yeux, sourit, découvrant ses dents blanches resplendissantes de jeunesse.

— Lucien, tu te souviens, à Lumeret, quand tu me racontais une histoire pour m'endormir et que tu tenais ma main entre tes doigts rugueux ?

Il fait oui de la tête et pose sa grosse main sur celle de la jeune fille, qui referme les yeux.

Le jour pointe sur les Alpes. À Argentière, les touristes se pressent déjà au pied du téléphérique qui les conduira vers le glacier, et, devant le syndicat d'initiative, des randonneurs attendent un guide pour monter vers le lac Blanc et les aiguilles Rouges. La météo est bonne, la journée sera lumineuse ; risque d'orage dans la soirée, mais l'information n'est pas confirmée.

Pauline a longuement attendu d'avoir des nouvelles de sa fille, qui n'est pas réapparue après son escapade chez son « amie ». L'institutrice devrait se préparer pour se rendre à l'école, mais de quoi aurait-elle l'air face à ses élèves après une nuit d'insomnie, avec ce visage bouffi et ces yeux rouges ? Heureusement, la disparition de son père lui fournit un excellent prétexte pour rester chez elle.

Son portable sonne enfin, l'immobilisant devant la porte de la salle de bains. C'est Pierre-André. Le corps parcouru de frissons, le cœur battant, elle prend l'appel.

— Il faut qu'on se voie, lui dit-il.

— Tu as des nouvelles de Sophie ?

— Oui, je t'attends.

Elle pousse un soupir de soulagement et s'habille à la hâte avant de quitter l'appartement à toute vitesse. Une lumière éclatante l'éblouit ; elle saute dans sa voiture et gagne l'étude Lamotte, à Saint-Gervais. Elle traverse ce parc mille fois parcouru, où une multitude d'oiseaux s'égosillent sur les grands arbres près de la statue romaine achetée à prix d'or à Pompéi, puis gravit l'escalier de marbre et sonne à la porte.

Des pas glissés qu'elle reconnaîtrait entre mille approchent, et la demeure s'ouvre. Pierre-André semble hésiter, puis l'embrasse sur les deux joues. Il s'est vêtu à la hâte lui aussi : sa cravate est de travers, le col de sa veste chiffonné, et ses cheveux, que le peigne mouillé n'a pas pu dompter, partent en épis.

— Les nouvelles sont bonnes ?

— Je ne sais pas.

Pauline découvre sous un autre jour cette maison où elle s'est tant ennuyée : une entrée pompeuse, ornée de tableaux délavés montrant des scènes champêtres on ne peut plus banales ; au plafond, des dorures surchargeant un décor trop hétéroclite pour paraître sophistiqué ; dans le salon voisin tendu de velours, trônant entre deux têtes de chevreuil naturalisées, le portrait d'un ancêtre… Que de paraître, de faux-semblants à la Marie-Odile ! Une commode Henri II dégoulinant de torsades alambiquées jure à côté d'une armure de chevalier déglinguée – la preuve, paraît-il, de son authenticité.

— On y va tout de suite, dit Pierre-André en cherchant ses clefs au fond de ses poches.

Vingt minutes de silence plus tard, Pauline et son mari arrivent à Lumeret, où Alain les a précédés. Deux fourgons de la gendarmerie sont garés près de l'enclos où Molette tend les oreilles vers ces étrangers.

— Voilà, explique Alain après avoir salué sa sœur et son beau-frère, la maison a été cambriolée, le voleur s'est enfui avec la voiture. Et ce voleur, c'est Sophie.

— Qu'est-ce qui le prouve ? demande Pierre-André, sur la défensive.

Rien n'est plus humiliant pour cet homme que de sentir peser sur lui le regard accusateur des gendarmes. Il se sent presque coupable du vol, et donnerait tout pour s'en aller.

— C'est vrai, comment vous savez que c'est Sophie ? renchérit Pauline.

— Grâce à ça ! répond le commandant Lejeune en désignant le portable de la jeune fille. On l'a trouvé par terre dans le garage.

Un chat sort du potager, approche lentement du groupe et vient se frotter contre les jambes de Pauline.

— Galopin ? s'étonne-t-elle en se tournant vers son frère.

— On dirait bien, réplique Alain. Il semblerait qu'il ait trouvé le chemin du retour. Tant mieux pour lui ; il est chez lui, après tout. Qu'il se débrouille, il devrait s'en sortir.

— Nous avons lancé un appel à toutes les gendarmeries, dit le commandant Lejeune. Nous avons signalé l'immatriculation du véhicule, mais ça risque de prendre beaucoup de temps pour le retrouver.

— Bon, déclare Alain, fidèle à lui-même, je ne peux rien faire pour vous, et l'heure tourne. Mes patients m'attendent, il faut que j'y aille.

Mais le commandant, qui vient de recevoir un coup de téléphone, lui fait changer d'avis.

— On a retrouvé la voiture de votre père près du Montenvers… au fond d'un ravin.

Pauline pousse un cri, tandis que Pierre-André l'attire contre lui dans un geste dont la tendresse étonne Alain.

— Qu'est-ce que ça veut dire ? demande ce dernier.

— On ne sait pas. Les collègues sont descendus dans le précipice et n'ont pas trouvé de corps. Comme le véhicule est complètement disloqué, il se peut que la conductrice ait été éjectée. Les recherches continuent.

— On y va, décide Pierre-André.

Alain se joint à eux pour gagner le bord du profond ravin où sont stationnés, dans une danse de gyrophares, des fourgons de pompiers ainsi que plusieurs autos de la gendarmerie. Le véhicule de Lucien a fait un plongeon de près de cinquante mètres. Les gendarmes descendent en rappel, une équipe fouille le lit du torrent qui court entre rochers et buissons, on attend une grue pour treuiller l'épave.

— Nous avons dû faire appel à nos collègues de haute montagne, explique le commandant Lebrac. Mais pour l'instant nous n'avons rien trouvé.

Un hélicoptère bleu vient se positionner au-dessus du vide, et deux hommes penchés par la portière scrutent à l'aide de jumelles la paroi rocheuse couverte de buissons. L'appareil se déplace de quelques mètres, puis l'observation recommence, et ainsi de suite. Une heure plus tard, il repart, bredouille.

— C'est à n'y rien comprendre ! s'exclame Lebrac. La voiture est tombée sans le moindre ricochet. La conductrice devrait se trouver pas loin, mais les gendarmes ont fouillé les alentours mètre par mètre, en vain !

— Et si le véhicule était descendu sans chauffeur ? s'interroge Lejeune. Si on l'avait poussé pour le faire disparaître ? D'ailleurs, on a eu du pot qu'un promeneur le découvre. Il aurait très bien pu rester là plusieurs mois sans attirer l'attention de personne…

— Mais alors ça veut dire que Sophie est peut-être vivante ? demande Pauline d'une voix éteinte.

— C'est probable. En tout cas on peut le penser tant qu'on ne l'a pas retrouvée. Nos spécialistes sont en train d'examiner l'épave. Ils vont tenter d'en savoir un peu plus.

Tandis qu'Alain part pour son cabinet, Pierre-André déclare avoir un rendez-vous important.

— Il faut que je rentre, dit-il à sa femme. Qu'est-ce que tu fais ?

— Je viens avec toi.

— Je te reconduis à ton appartement ?

L'accident les a rapprochés. Une fois dans la voiture, Pauline se surprend même à avoir envie de poser sa tête sur l'épaule de son mari et de laisser couler ses larmes.

— Notre petite Sophie, murmure-t-elle.

— On va la retrouver, la rassure Pierre-André d'une voix douce, cette voix qu'elle lui connaissait autrefois. Je suis certain qu'elle n'est pas morte. Tu as entendu ce qu'a dit le commandant de gendarmerie ? La voiture a été précipitée dans le ravin pour faire diversion.

— Espérons-le…, murmure Pauline.

Vers six heures du soir, Alain retourne au bord du lac des Chavants, où il arrive en même temps que le commandant Lebrac. Voilà deux jours que les plongeurs explorent le fond. À présent, Alain doute que son père se soit noyé : il n'a jamais eu un tempérament suicidaire, et s'il avait voulu se tuer il n'aurait pas parcouru une telle distance.

— Ce n'est pas dans sa logique, dit-il à Lebrac. Plus j'y pense, plus je me dis qu'il nous a joué un mauvais tour.

— C'est-à-dire ?

— Mon père a voulu nous semer pour avoir le temps de faire autre chose. Quoi, je n'en sais rien.

— Mais nous avons la preuve qu'il est entré dans le lac, et le chien n'a trouvé aucune piste pouvant attester qu'il en soit ressorti ! Donc il faut qu'on poursuive les recherches.

— Certainement, mais vous ne connaissez pas mon père. C'est un rusé, et il a passé toute sa vie à tricher.

Suivant son idée, Alain retourne à Lumeret. À Anne, qui l'attend pour dîner et l'appelle sur son portable, il répond qu'il doit vérifier quelque chose mais n'en aura pas pour longtemps.

Lorsqu'il descend de voiture, Molette se met à braire. Il monte les marches du perron, toujours poussé par le doute : le cambriolage de Sophie ne recèle-t-il pas l'essentiel ? Est-ce la jeune fille qui a emprunté la voiture, ou Lucien lui-même ? Ce vieux renard est bien capable de monter semblable supercherie pour faire accuser sa petite-fille…

Au chalet, Alain cherche le matériel de montagne que Lucien gardait précieusement : tenues fourrées, gants, cordes toujours bien pliées qu'il déroulait tous les printemps afin qu'elles ne se déforment pas, mousquetons graissés avec soin, piolets, dont la solidité des manches était vérifiée régulièrement ; cet équipement toujours prêt, comme si le vieil homme devait partir en expédition le lendemain, a disparu. Ne reste plus qu'une paire de cordes posées à même le sol, négligence peu probable chez un maître de l'alpinisme.

Qui est venu ici ? Bernard Dubos, le fils de son ami à qui Lucien voulait donner son matériel ? Non, Bernard n'aurait pas laissé deux bonnes cordes en vrac sur la terre humide.

— Allez, debout, on repart !

Sophie bouge, s'étire ; elle a dormi un peu malgré le manque de drogue, ce qui serait inconcevable ailleurs que dans ce désert vide de tentations.

Lucien endosse son sac, tandis que la jeune fille se remet lentement sur ses jambes et rouspète pour la forme :

— Je te jure que si j'en sors, je ne t'adresserai plus jamais la parole.

— J'y crois pas, t'es trop bavarde pour ça !

C'est la première fois depuis un an qu'elle reste aussi longtemps sans téléphoner à Cédric. Il doit se poser des questions, et c'est déjà une petite victoire. Le pied du Petit Dru et son lisse parfaitement vertical sur près de dix mètres se profile devant elle, une barrière que seuls quelques privilégiés parviennent à escalader.

— Je te préviens, je ne pourrai jamais monter là-haut. J'ai les jambes en caoutchouc, molles, et elles me font mal.

— Regarde Tony : il n'a pas de mains, il est blessé aux pattes d'avoir trop marché sur les pierres pointues, et pourtant il me fait confiance.

Cette remarque touche la jeune fille. Il lui semble vivre l'un des nombreux récits de montagne entendus pendant son enfance. Lucien avance, le geste régulier, insensible au soleil brûlant, et elle le suit ainsi dans le dédale des rochers jusqu'au premier lisse, où son regard circule d'une prise à l'autre. Les pitons sont toujours là, ainsi que les emplacements pour les pieds, creusés par des dizaines de guides depuis des années et des années, et Lucien compte beaucoup sur cet aménagement pour lui simplifier la première difficulté de la journée.

— C'est le moment, dit-il à Sophie, qui grimace de nouveau sous l'emprise du manque.

— Et Tony ?

Lucien attire le chien et déplie une corde, qu'il passe autour de l'animal sans lui serrer la poitrine.

— Nous voilà tous encordés, dit-il avec satisfaction, ayant l'impression de se trouver à nouveau avec des touristes. Bon. Je grimpe jusqu'à la corniche, j'assure les rappels et je monte le chien. Ensuite, c'est toi qui grimpes. Ce sera facile : je tirerai sur la corde pour que tu ne glisses pas.

— Lucien, on va se casser la figure !

— J'ai grimpé ici avec René Desmaison, et c'est le plus grand alpiniste de tous les temps, alors tu peux me faire confiance.

— Oui, mais maintenant tu es vieux !

— C'est bizarre, il n'y a pas un nuage dans le ciel, et pourtant je ressens un vague étouffement. C'est pas bon signe, grogne Lucien.

Il vérifie une dernière fois son matériel, s'assure que ses cordes sont lovées sans risque de nœuds. En retrait, Sophie claque des dents. La drogue l'a laissée tranquille un temps, mais elle ne lâche pas sa proie si facilement. La sueur roule sur le front de la jeune fille, qui craque alors une fois de plus, se libérant de la tension qui l'écartèle, se dressant, le visage convulsé, les mains levées devant elle comme des griffes prêtes à lacérer le visage du vieux guide.

— Mais tu comprends pas que tu me fais chier !

— Voilà que ça te reprend ?

Lucien braque ses yeux clairs sur sa petite-fille.

— J'en peux plus ! hurle-t-elle.

Elle serait prête à tout pour calmer le feu de son corps. Elle accepterait la prison, la honte, et même d'être rejetée par sa famille. Depuis longtemps elle ne compte plus sur personne. C'est décidé : elle fera la pute pour un peu d'héro. Mais, pour ça, il faudrait retraverser la mer de Glace, et elle ne peut pas le faire seule sans prendre le risque de tomber dans une crevasse.

— Tu sais ce que je ferais si je m'écoutais ? demande Lucien en levant le bras. Je te flanquerais une bonne correction, comme à une gamine mal élevée qui fait un caprice.

— Et toi, tu serais pas en train d'en faire un, de caprice ? hurle Sophie. C'est quoi cette façon de s'évader de sa maison de retraite ? C'est quoi cette envie de grimper sur une montagne trop difficile pour toi ?

— On y va ! Je te rappelle que je connais cette ligne sur le bout des doigts !

Il reprend sa montée. Un flot de bonheur gonfle sa poitrine. Au bout de ses longs bras, ses mains trouvent les fissures et s'y accrochent ; les pointes de ses chaussures mordent la roche et s'y cramponnent. Le vieillard quasi impotent des Prés d'Or s'élève lentement, avec assurance. La jeune fille, elle, s'est assise au pied de la paroi, la tête sur les genoux, absente. Tony regarde tour à tour Sophie et son maître, son poil noir tremblant légèrement sur son dos.

Après une demi-heure d'effort, Lucien prend appui sur la corniche, à une dizaine de mètres du sol. Son premier regard se tourne vers le mont Blanc souverain : le bleu du ciel est moins net qu'ailleurs. Les nuages sont très hauts. Ils peuvent s'en aller sur l'Italie comme venir ici. En passant les aiguilles, ils vont se charger ; peut-être de la neige, sûrement du tonnerre. *On a une chance sur deux.*

Il tire le chien à lui et crie à Sophie :

— Tu vas prendre le casque, parce que ici on ne sait jamais, il y a des pierres qui tombent sans crier gare. C'est à cause d'elles qu'on ne peut plus monter sur les autres faces : tout le passage est déstabilisé et peut s'effondrer au moindre effleurement.

— Si les pierres tombent, répond Sophie, songeuse, il faut que quelqu'un les ait montées là-haut... Qui ?

— Ça, c'est la question...

La sensation de brûlure mêlée de froid se dissipe lentement, et la jeune fille recouvre ses esprits. Descendante d'une lignée de guides, elle découvre en elle cet instinct enfoui qui attendait simplement l'occasion de se manifester. Elle se dresse contre la paroi, rassurée par la corde tendue entre elle et son grand-père. L'extrémité de ses doigts de citadine s'agrippe aux entailles de la roche ; elle grimpe lentement, mais avec dextérité. Ses souvenirs de gamine l'apaisent. Lucien lui a tellement raconté la montagne, expliqué comment positionner ses pieds et balancer le poids de son corps d'une jambe sur l'autre pour libérer un bras, il l'a tant de fois mise en garde contre le risque de voir la corde s'emmêler si on la laisse trop lâche, se coincer dans une fente de la roche, que la jeune fille a assimilé les bons gestes et ne se comporte pas comme une débutante. Pourtant, à mi-chemin, ses forces la trahissent.

— Je peux plus ! s'écrie-t-elle hors d'haleine.

— Tu y es presque ! Tu as fait le plus difficile ! Reprends ton souffle et écoute-moi. Tu mets tout ton poids sur ta jambe gauche. Attention, la roche n'est pas dure, donc par une légère pression tu t'assures que tes crampons tiennent bien. Voilà. Une fois que tu as pris appui sur ton pied gauche, sans bouger la main droite, tu fais glisser la gauche sur le rocher, tout droit, et tu vas trouver une prise plus profonde. Là, tu enfonces tes doigts dedans, et tu t'assures qu'ils sont bien calés. Fais attention, ta main va devoir supporter presque tout ton poids...

Comment résister à une telle volonté ? La main de Sophie rampe sur la pierre et s'y accroche tandis que son pied droit se hisse à son tour. Les pensées entièrement tournées vers l'absolue nécessité de ne pas tomber, elle oublie le vide et les insectes qui grignotent ses viscères. Enfin, après un ultime effort, elle prend appui sur la corniche où son grand-père l'attrape d'une poigne sûre. Elle sourit, consciente d'avoir remporté une grande victoire.

— Tu vois que c'était facile !

— Pas vraiment !

— Tu parles ! Ici, des générations et des générations de guides ont fait le chemin, et il n'y a qu'à suivre, je te dis, un vrai escalier ! C'est là que je venais quand j'avais des clients pas sûrs. Quand j'en avais de bons, on faisait une ligne sur la gauche, à l'ouest, « le passage cardiaque », on appelait ça. Depuis que la moitié de la montagne s'est effondrée, il y aurait des routes à trouver, mais j'ai plus l'âge.

Il se tourne vers la paroi qui s'élève au-dessus d'eux et mesure l'ampleur de l'effort jusqu'au prochain arrêt. Vingt mètres d'aplomb. Et, un peu plus haut, la fameuse marmite du Diable, point déterminant de la première partie de l'ascension.

— Parfois, je me demande ce qui nous pousse à aimer la montagne. À quoi ça sert, de grimper là-haut ?

Jusqu'à ce jour, Sophie aurait répondu par une grossièreté. Là, après ce premier effort, elle ignore si cette sensation d'euphorie lui vient de cette première victoire sur la montagne ou de cet autre combat, qu'elle n'aurait jamais imaginé devoir mener.

— Je saurais pas te le dire, ajoute Lucien, mais je sais que ça sert à quelque chose.

La jeune fille s'est accroupie, bien plaquée contre la paroi. Le vieil homme réconforte Tony, qui pousse de petits gémissements. Lui ne comprend pas pourquoi on l'oblige à grimper là où les chiens ne vont jamais.

— Tu vas le surveiller, dit Lucien à Sophie. Un chien, c'est comme un homme, la peur peut lui faire faire des bêtises.

Haletant, l'animal peine à se tenir sur ses pattes flageolantes, et ses longs poils noirs sont parcourus de tremblements.

Le vieux guide s'assure que la corde ne s'est pas emmêlée, la love sur le sol et entame la montée du deuxième lisse. Il n'est pas passé là depuis dix ans, mais connaît le danger des premières ascensions après l'hiver : le gel écaille une roche toujours friable, et les meilleures prises peuvent céder d'un coup. Pourtant, tout va bien : ses mains trouvent aisément les bons appuis, ses jambes arquées collent à la montagne, et ses gros pieds, à l'origine de sa lourde démarche sur la terre ferme, ont ici l'agilité de ceux des chamoix.

Le soleil frappe la paroi ocre. La chaleur arrive trop vite. Lourde, assommante, elle inquiète le vieil homme :

— Ça sent l'orage ! grogne-t-il.

Une fois en sûreté sur la deuxième corniche, il s'accorde un instant de répit, sachant que la facilité du début était un leurre : si la montagne n'a pas changé, son vieux corps à lui pourrait le trahir sans crier gare. La sueur ruisselle sur son visage. *Pourvu que la météo me laisse le temps de franchir la large corniche, c'est la plus exposée au vent d'ouest ! Parce qu'il n'y a plus de doute : les ravoures sur l'aiguille du Midi et le glacier du Géant sont significatives…*

— À toi ! crie-t-il à Sophie. C'est un peu plus difficile. Je vais t'assurer en passant la corde dans un anneau. Tu ne peux pas tomber. Après, on prendra un petit moment pour boire et se reposer.

Près de la jeune fille, Tony halète toujours. Le malaise du chien la ramène au manque d'héroïne, mais elle ne veut pas le laisser prendre le dessus, alors elle s'efforce de ne penser qu'à l'ascension. D'en haut, Lucien lui crie ses conseils, et elle grimpe lentement. Sa jeunesse ne cédera pas face à un vieil homme de soixante-dix ans. Pourtant, sa main droite ripe soudain sur du sable de roche effritée ; elle bascule en arrière et tombe dans le vide en poussant un cri, puis gesticule, suspendue au bout de sa corde, à quelques dizaines de centimètres de la roche en surplomb. Lucien s'y attendait.

— Panique pas. C'est rien. Ça arrive aux meilleurs ! Regarde sur ta gauche. Je crois qu'il y a une bonne prise. Tends la main dans cette direction et balance-toi jusqu'à ce que tu puisses y enfoncer les doigts. Serre les dents, ça peut faire mal !

Elle grimace en tendant la main : la fente est juste devant ses doigts, mais il manque dix centimètres pour l'atteindre. Elle imprime à son corps un mouvement de balancier et réussit enfin à agripper la petite anfractuosité. Une vive douleur au poignet lui arrache un autre cri.

— Parfait, poursuit Lucien, comprenant à la tension de la corde que Sophie est parvenue à s'accrocher de nouveau. Tu es bien ma petite-fille.

Sans un mot, elle reprend sa lente progression. Une fois sur la corniche, elle s'affale sur la pierre brûlée de soleil, comblée d'avoir réussi.

— Et maintenant, Tony, reprend Lucien en hissant la bête comme un paquet. Le pauvre, il se fait du mauvais sang. Tu devrais être content, tu seras le premier chien à avoir fait les Drus !

Tout en parlant, le vieil homme s'adosse à la paroi. Il n'en dit rien, mais la tête lui tourne et il lui semble avoir pris pied sur un rocher instable car la montagne chancelle. Il titube. Sophie s'en aperçoit et le secoue.

— Grand-père, qu'est-ce qui te prend ? demande-t-elle d'une voix anxieuse.

— C'est rien. Ça va passer.

Ses pensées se brouillent. Il ne se souvient plus s'il a détaché la corde du piton. Est-il en train de rêver sur son lit aux Pré d'Or ? N'est-ce pas Marguerite qui entre dans sa chambre pour l'emmener à la promenade ?

— Grand-père, réponds-moi...

Il s'assoit, le regard perdu dans le vide de la vallée. Devant eux, des oiseaux de proie tournoient lentement, et leur aisance fait envie. Sophie cherche la bouteille d'eau dans le sac, la débouche et l'approche des lèvres de son grand-père, qui se reprend tout à coup.

— Je sais pas ce qui m'a pris, mais c'est pas le moment de lambiner ! dit-il en détachant la corde de l'anneau fixé dans la pierre. J'aime pas ce ciel de lait sur le Gros Rognon et la dent du Géant.

Il paraît tout à fait rétabli et s'engage dans une cassure oblique.

— Viens, c'est facile ! On suit la faille, elle fait comme un chemin entre les rochers sur une cinquantaine de mètres. Au-dessus, il y a une plate-forme où on va pouvoir se reposer et manger un peu.

Lucien a retrouvé tous ses réflexes et escalade les rochers formant une sorte d'escalier érigé vers le ciel. Sophie le suit sans trop d'efforts, obéissant aux sollicitations de la corde tendue. Par moments, des douleurs lancinantes lui tranchent les muscles, et une sensation de froid la fait claquer des dents. Ses pieds heurtent les pierres, elle vacille, mais l'effort l'écarte de la tentation.

La chaleur est lourde, et de temps en temps Lucien tourne un regard anxieux vers l'aiguille du Midi, puis vers le Couvercle. Un chapeau de nuages blancs s'est formé.

— C'est *l'âne*, constate le vieux guide. Faut se dépêcher d'arriver à la marmite. On y passera la nuit. Cette fois, c'est du sérieux.

Il a parlé pour lui-même, conscient du retard qu'il a pris par rapport à ses prévisions. Il espérait monter en une journée, mais il n'aura pas fait la moitié de l'ascension quand le soleil planera sur l'horizon du côté de Chamonix.

— On doit d'abord passer la vire au Piton. C'était assez difficile autrefois, quand on n'était que quelques-uns à s'y promener. Maintenant, c'est simple comme une promenade du dimanche.

Ce n'est pas vrai, mais le dire le rassure. Car la véritable difficulté commence avec cette fissure du Piton, puis un lisse de plus de vingt mètres, à la roche friable, changeant d'aspect d'une année sur l'autre. Chaque prise doit être éprouvée avant qu'on s'y suspende, ce qui n'écarte pas le risque qu'elle puisse lâcher d'un coup, d'où la nécessité de perdre beaucoup de temps à assurer la corde.

Tony peine à suivre, et Lucien le tire sans ménagement. La certitude que le temps va se gâter pousse le vieil homme à mobiliser toutes ses forces : le premier abri sûr est encore loin.

— Pire que la peur qui te fait tourner la tête, pire que la prise qui lâche sous ta main, l'orage est le plus grand de tous les dangers !

Exténuée, Sophie plisse le front et les sourcils ; le vide l'aspire, tandis que son crâne bout sous son casque. Elle voudrait se coucher entre les rochers brûlants et ne plus bouger. Impérative, la tension de la corde la force à poursuivre sa difficile progression.

— Arrêtons-nous. Je peux plus, supplie-t-elle son grand-père.

— Encore un effort. On va grimper la vire au Piton, c'est pas très long, une vingtaine de mètres, mais faut pas faire de bêtises. Au-dessus, il y a une terrasse assez grande, et un petit renfoncement où on pourra s'abriter et se reposer jusqu'à demain.

Encore une fois, Lucien parle pour se rassurer, car, en toute franchise, il se demande s'ils pourront continuer le lendemain. La fatigue engourdit ses membres, à présent maladroits. Le dos en feu, il sait qu'il aura la plus grande difficulté à escalader cette fameuse vire au Piton. Et ce n'est là que le premier véritable obstacle. Il y en aura d'autres, en particulier la vire aux Cristaux et le Dos d'âne : trente mètres d'une cassure en surplomb, taillée dans le rocher ocre, où chaque geste demande deux fois plus d'énergie que dans les premiers passages.

La brume enveloppe le sommet des Grands Charmoz et approche du Moine. Le glacier de Tacul semble plus proche que d'habitude, comme grossi par la loupe de l'air. Le vieil homme sait que ces éléments annoncent un orage de début d'été, sec la plupart du temps, plein d'une foudre pouvant frapper n'importe où. *Si on arrive à se mettre à l'abri, on ne risquera rien*, se dit-il.

Ils parviennent au dernier lisse avant la vire au Piton, nom qui lui vient d'un pic métallique rouillé planté dans le roc. Certains prétendent qu'il a été placé là par le diable, en vue d'inciter les grimpeurs inconscients et prétentieux à se diriger vers une petite corniche exposée à un perpétuel vent d'altitude. Réduit et en surplomb, cet endroit augmente la sensation de vide. Le vertige, comme le mal de mer, peut frapper les plus aguerris, et fait d'abord trembler, pour se transformer ensuite en une ivresse générant toutes les imprudences. C'est là que le guide doit se résoudre à attacher très court le client incapable de se maîtriser, avant d'entreprendre la descente et de renoncer à une course payée d'avance.

— C'est pas tout le monde qui peut faire les grosses, annonce Lucien en toisant la nouvelle difficulté. Il faut de l'expérience, et ce besoin inexplicable de la montagne que les gens des plaines n'ont pas.

Il assure la corde contre son flanc, vérifie que l'extrémité qui le relie à Tony n'est ni emmêlée ni bloquée par quelque rocher. L'animal pousse de petits gémissements aigus qui agacent Sophie.

— C'est bientôt fini pour aujourd'hui, grogne Lucien en mesurant l'ampleur de la tâche à accomplir. On grimpe ce petit lisse, puis la vire au Piton. Ça nous prendra une heure au plus.

Épuisée, la jeune fille s'est assise et observe son grand-père. S'il lui était apparu magnifique lors des premières épreuves, il lui semble à présent ridicule, et elle éprouve un besoin irrépressible de lui faire la leçon ; l'adolescente en guerre contre toutes les contraintes est soudain devenue très sage.

— Dis-moi : qu'est-ce que tu veux prouver ? Tu ne vois pas que tu vas te casser la figure ?

— Mais non, ici, je suis chez moi.

— Ce que tu viens de faire, un homme ordinaire de trente ans qui ne connaîtrait pas la montagne en serait incapable...

— Tu veux savoir ce que je cherche ?

Le vieux guide s'assoit et se concentre sur le glacier qui, du côté de la Charpoua, vire au gris à mesure que le soleil tourne.

— Comment te dire ? Je cherche à me regarder dans le bleu du ciel. Oui, c'est ça, je cherche ma tête !

Sophie éclate de rire.

— Mais arrête tes conneries ! réplique-t-elle en prenant une cigarette dans le paquet que Lucien tient à la main. À ton âge, c'est de tisanes qu'on a besoin, pas de sa tête et du bleu du ciel !

Cette remarque est cinglante comme un coup de lanière, mais Lucien ne peut s'empêcher d'y entendre un fond de vérité. Il attaque la montée, dont il parcourt aisément les premiers mètres, où des générations d'alpinistes ont taillé des marches. À mi-parcours, craignant une nouvelle attaque, il se sent chanceler. Son regard se voile, des flocons papillonnent autour de lui, puis des étincelles se perdent dans une nuit qui se dissipe rapidement. Il reprend son effort, mais ses gestes sont moins précis. Une fois sur la terrasse, tremblant, se sentant très lourd, il doit rester un long moment accroupi avant de retrouver son souffle. Là, les choses sérieuses les attendent. Il crie à Sophie de le rejoindre, mais elle ne répond pas.

— Il faut que tu montes ! lui hurle-t-il. Là où tu es, c'est dangereux, et l'orage arrive ! Tu verras, juste au-dessus de nous, il y a de quoi faire un bivouac sur un rocher en surplomb, on pourra s'abriter.

Mais la jeune fille est à bout de forces ; l'héroïne n'a toujours pas lâché prise. Claquant des dents, tremblant, noyée dans cette sensation de froid intense malgré les brûlures d'estomac, l'adolescente reste sur place.

— Dépêche-toi ! Tu ne vois pas que la foudre va tomber ?

— M'en fous !

Allongée sur la corniche, Sophie halète autant que Tony, qui lui lèche le visage.

— Tu ne peux pas rester en bas, je te dis ! Tu veux mourir ?

Non, elle ne veut pas mourir. Les premiers dangers l'ont mise à vif et ont fait émerger des envies nouvelles. Son grand-père, capable d'un tel exploit alors qu'il pourrait rester tranquillement en bas, son grand-père à qui personne ne demande rien lui indique clairement que la fuite est une lâcheté, quelle que soit la difficulté qu'on voudrait contourner. La libellule n'est pas morte. Elle s'était juste engourdie dans le froid d'un monde sans fleurs. Les souvenirs de Lumeret sont encore vivaces, elle ne les a pas perdus en même temps que sa grand-mère, et le désir de ne pas en rester là lui souffle de se lever. Mais son corps est mou comme un fruit pourri.

— Alors, tu arrives ? Fais vite. D'ici, je ne peux pas voir les nuages qui sont derrière, mais je sens qu'on va déguster ! Et il reste encore le lisse du Piton à monter !

— Je t'aime bien, Lucien !

Le silence de la montagne lui répond. Calé contre la paroi, le vieux guide voit les flocons d'une nouvelle crise danser autour de lui. Il étouffe, puis se ressaisit pour crier :

— Fais un effort, nom de nom !

— Je peux plus !

— Merde de merde !

— Toujours rien, annonce Pierre-André en déposant son portable sur le bureau.

Tout le clan est là : Marie-Odile, aussi imposante par son tour de taille que par le volume de son chignon, sa large figure et son rouge à lèvres vif. Louis est debout, face à Pierre-André, assis sur un fauteuil en cuir noir. Ses cheveux blancs, son visage carré, son regard froid lui confèrent une autorité que nul ne conteste. Lamotte fils soupire, puis observe tour à tour sa mère et son père.

— Pour le commandant Lejeune, le mystère reste entier : Sophie est introuvable, et elle n'était pas dans la voiture de Lucien qui est tombée dans le vide. C'est peut-être un coup monté de ses fournisseurs, pour cacher autre chose.

— Ses fournisseurs ? s'étonne Marie-Odile. Tu as de ces mots…

— Oui, ceux qui lui procurent ce dont elle ne peut pas se passer, puisque tu as l'air de demander des détails.

Depuis que Pauline est partie, son mari est perdu. Par sa seule présence, sa femme le maintenait à sa place d'adulte. Sans elle, entre ses parents, il redevient l'adolescent docile qu'il déteste tant.

— Pour quelle raison auraient-ils fait ça, ses « fournisseurs » ? demande Louis.

— Pour l'empêcher de parler. Il existe des réseaux bien organisés, qui ne reculent devant rien.

— Je ne comprends pas, s'étonne encore Louis. C'est terrible à dire, mais s'ils avaient voulu l'empêcher de les dénoncer, ils l'auraient balancée avec la voiture.

— Je ne sais pas. Ils avaient sûrement leurs raisons.

— Et tout ça dans un pays de droit ! s'emporte Marie-Odile, se tournant vers son mari, puis vers son fils, comme pour leur demander des comptes.

Pierre-André hausse les épaules, tandis que Louis se gratte le menton du bout de l'index.

— Tu as des nouvelles de Pauline ? demande le vieil homme.

— Je ne comprends pas qu'elle ne se manifeste pas ! s'emporte Marie-Odile. Sa fille est peut-être morte, et elle s'en fout !

— Qu'est-ce que tu racontes ? l'interrompt son mari. Pauline aime Sophie autant que nous.

— Ah bon ? Et alors elle avait raison, Pauline, de cacher les écarts de sa mal élevée de gamine ? Tu ne crois pas que quelques baffes lui auraient été salutaires ? Pourtant ce n'est pas faute de l'avoir crié haut et fort… Mais personne ne m'a écoutée ! On a laissé Sophie passer toutes ses vacances à Lumeret, où elle était livrée à elle-même !

Pierre-André quitte lentement son fauteuil et se dirige vers la porte sans rien ajouter. Ce qu'il vient d'entendre lui est insupportable.

— Où vas-tu ? s'inquiète sa mère.

Il ne répond pas : le jeune notaire vient de changer de camp. La douceur de la peau de sa femme lui manque, son parfum dans la maison, sa présence. Il regrette de s'être emporté et se sent noué par une envie de pleurer, mais cela ne se fait pas chez les Lamotte. Dehors, l'air frais lui fait du bien. Il monte dans sa voiture et démarre ; il n'a pas de destination précise, juste besoin de fuir cette maison et ses faux-semblants, où sa propre image lui déplaît. Qu'a-t-il fait dans sa vie sinon marcher sur les traces de Louis Lamotte ? Son seul « faux pas », son mariage, on le lui a assez reproché… Lorsque le fils unique a annoncé son intention d'épouser Pauline Bessette, sa mère en est tombée malade. Son père, plus posé, a voulu lui démontrer qu'une telle union serait préjudiciable à la position de la famille : non, un Lamotte n'épouse pas la fille d'un paysan, même s'il s'agit de l'un des meilleurs guides de Chamonix. Pierre-André a pourtant tenu bon, mais il n'a pas été à la hauteur. À présent que Pauline est partie, il mesure toute l'ampleur de sa lâcheté et regrette de ne pas avoir quitté le clan, fui à l'autre bout du monde, en Amérique ou plus loin encore. Tout son malheur provient de son manque de détermination.

Il s'arrête d'abord à la gendarmerie de Chamonix. Il aurait pu téléphoner, mais il préfère voir directement le lieutenant Legrand, qu'il connaît assez bien.

— Toujours rien, lui dit le gendarme. Mais le vol et l'abandon de la voiture dans le ravin ressemblent à s'y méprendre aux méthodes des dealers. Ce sont des choses auxquelles ils ont souvent recours, et je dois dire que je ne suis pas optimiste.

— Vous êtes allés questionner ses copains du Val-Bleu ? s'enquiert Pierre-André.

— On a fait une descente, fouillé les caves et quelques appartements suspects, mais rien. La loi du silence. On craint qu'elle ne soit séquestrée on ne sait où et malmenée par ses fournisseurs…

— Mais enfin quand même ! Il en va de la vie de ma fille ! Il faut faire parler les gens !

— En zone sensible, on ne peut pas faire n'importe quoi n'importe comment ; on ne peut pas risquer des émeutes, vous comprenez ?

Il quitte précipitamment les lieux, révolté par l'idée que sa fille pourrait être prisonnière de tortionnaires. La colère bout au fond de lui, explosive, typique du garçon timide qu'il est.

À Argentière, lorsqu'il se gare sur le parking du petit immeuble, il s'étonne de ne pas y trouver la voiture de sa femme. Pauline, absente à cette heure ? Il grimpe l'escalier, sonne. Elle pourrait être avec un autre homme ! Une douleur aiguë cisaille sa poitrine. Personne. Il l'appelle sur son portable.

— Qu'est-ce que tu veux ? lui demande froidement la voix tant attendue.

— Il faut qu'on retrouve Sophie. Tous les deux, on peut y arriver !

— Dis-moi où tu es, j'arrive, répond la voix après un silence lourd de sous-entendus.

Pierre-André a du mal à contenir son émotion. Quelle attitude adopter ? Doit-il céder à son élan, la serrer dans ses bras au risque d'essuyer une rebuffade, ou rester distant, en père de Sophie présent uniquement pour sa fille ? La petite Renault stoppe à côté du 4 × 4, Pauline en descend, claque la portière, puis avance vers son mari, apparemment contrariée par sa présence.

— Qu'est-ce que tu proposes ? demande-t-elle en s'arrêtant à quelques pas de son mari.

— On ne peut pas aller au Val-Bleu en 4 × 4, ce serait trop voyant. On prend ta voiture.

Cette façon de parler convient à Pauline, qui n'en espérait pas tant. Pierre-André ne s'est pas exprimé en Lamotte ; il n'a pas rejeté la responsabilité sur les autres. La nuit est tombée, pleine d'éclairs sur les montagnes, mais l'orage d'altitude n'a aucune importance pour eux.

— Il faut qu'on interroge Cédric, son copain, enchaîne Pauline. On va l'attendre au pied de la tour où il habite, là où sévissent la plupart des petits trafiquants de la région. Nous voici sur le territoire des caïds locaux, ceux qui font régner la terreur parmi les individus à la langue trop bien pendue… Jamais je n'aurais imaginé me retrouver là un jour.

Pierre-André serre les poings. Il ignore ce qu'il va faire, mais il a doublement besoin d'action. Pour venir en aide à sa fille, certes, mais aussi pour abandonner le lourd carcan qui l'opprime, cette insupportable impression de ne pas être lui-même.

— Il est temps que je m'en mêle, dit-il d'une voix qui surprend Pauline.

Elle surveille la rue et les abords de l'immeuble. Près de l'entrée, plusieurs jeunes hommes bavardent en faisant de grands gestes. Les passants les évitent. Tout à coup, elle donne un petit coup de coude à son mari.

— Regarde, celui qui vient vers nous, c'est Cédric.

Son mari se raidit, puis ouvre brutalement la portière, se dressant précipitamment devant le garçon, surpris. Autant l'un est petit, massif, engoncé dans son costume-cravate, autant l'autre est grand, maigre, à l'aise dans son tee-shirt.

— Il faut que je vous parle, annonce Pierre-André au jeune homme. Montez dans la voiture !

— Qu'est-ce que vous me voulez ? demande Cédric en regardant si ses copains ont fait attention à lui, mais ils semblent ne s'être aperçus de rien.

— On cherche Sophie. On n'a rien dit à la gendarmerie, mais si vous ne voulez pas d'ennuis je vous conseille de venir avec nous.

Cédric hésite encore, puis crie :

— Hé, les mecs, venez voir par ici !

Le groupe de l'entrée approche et cerne la Clio. Un jeune homme très grand marche devant, sans quitter Pierre-André des yeux.

— Viens, on s'en va, implore Pauline.

Son mari n'entend pas ; il fait face, tandis que le grand demande à Cédric ce qui ne va pas.

— Il cherche Sophie, tu sais, la bourge qui pleurniche tout le temps…

Le grand se tourne vers Pierre-André. Les autres restent en retrait, prêts à intervenir si on le leur demande.

— Écoute, on sait pas de quoi tu parles, mais fous le camp avant qu'on décide de s'énerver.

— Viens ! répète Pauline.

— Sophie est la copine de Cédric, dit fermement Pierre-André. Nous ne savons pas où elle est, et nous voulons avoir de ses nouvelles.

— Tu nous gonfles, avec ta Pauline. Fous le camp, on te dit qu'il va t'arriver des bricoles.

Sans rien ajouter, Pierre-André remonte dans la voiture, qui sort de la cité et se dirige vers le centre-ville. La colère lui comprime la poitrine.

— Qu'est-ce qu'on fait ? demande Pauline.

— Je ne sais pas.

— Tout ça me semble bizarre. La voiture de papa dans un ravin, personne dedans, et aussi cette pseudo-noyade dans le lac des Chavants… Franchement, ça me semble incroyable.

— Pas tant que ça. Ton père a pu avoir une absence, comme ça lui est déjà arrivé, et ensuite il est parti droit dans l'eau, sans savoir ce qu'il faisait…

— Dans ce cas, pourquoi ils n'ont pas retrouvé son corps ? Et son chien, qu'est-ce qu'il est devenu ? C'est impensable que Tony se soit noyé avec lui. Pour être honnête, j'ai de sérieux doutes.

— Ah bon ? Mais alors où est ton père ?

— Je ne sais pas. Mais si tu as le temps, on peut aller faire un tour à Lumeret. Je suis sûre qu'on y trouvera la réponse à cette question.

— Quand même, tu ne penses pas que ton père, dans son état, a pu parcourir les quatorze kilomètres qui séparent Les Prés d'Or de Lumeret ? Et puis, de toute façon, qu'est-ce qu'il serait allé faire là-bas ?

— Il y a quelque chose qui ne tourne pas rond, poursuit Pauline sur sa lancée. Sophie cache son scooter dans le four, puis elle vole la voiture, qu'elle précipite dans un ravin… Ça ne lui ressemble pas.

— Tu oublies que Cédric et ses copains l'ont aidée, que c'est sans doute eux qui ont volé la voiture et l'ont poussée dans le ravin.

— Non, je te dis. J'ai la certitude que quelque chose nous échappe !

— Pauline…

— Quoi ?

— Je te demande pardon pour l'autre jour, ma descente avec l'huissier. J'avais tellement mal…

La voiture fait une embardée et reprend la route. Pauline a les mains crispées sur le volant.

— Puisque tu ne crois pas à la version des gendarmes, demande Pierre-André pour aborder un autre sujet, quelle est ton idée ?

— Je ne sais pas.

Imaginant sa fille dans une cave, ligotée et livrée à une bande de barbares, il appelle le lieutenant Legrand.

— Je viens du Val-Bleu. J'ai voulu questionner Cédric, l'ex-petit copain de Sophie, mais il n'a rien voulu me dire et il a appelé ses copains à la rescousse. J'ai la certitude que Sophie est en danger, il faut absolument intervenir.

— Bon, répond le gendarme, je m'en occupe. On va faire une descente et embarquer ce fameux Cédric et quelques autres. Mais ne vous attendez pas à un miracle !

— Je ne sais pas si tu as raison, fait remarquer Pauline à son mari. Il ne faudrait pas, non plus, qu'ils se vengent sur notre fille.

— On ne peut pas faire autrement.

À Lumeret, Molette s'ennuie ferme et se met à braire en voyant arriver la voiture. L'âne ne voit personne de la journée et passe de longues heures à la barrière, comme s'il attendait Lucien. En s'approchant de l'animal, Pauline remarque, entre les herbes, des carottes avec leurs fanes. Elle poursuit son inspection à la recherche d'un indice qui lui permettrait de comprendre ce qui s'est passé. Dans la maison règne une incommodante odeur de renfermé. Sur le meuble de la cuisine, la photo de mariage de ses parents est toujours là, voilée de poussière. Son père était déjà guide de haute montagne, tandis que Claire travaillait à la ferme avec sa famille. Pauline approche le cadre de la fenêtre. En observant le cliché, Pierre-André découvre que son beau-père avait un regard volontaire, et qu'une force opiniâtre émanait de tout son être à côté de la douce et résignée Claire.

— L'âme de ma mère plane encore dans cette maison. Et nous l'avons vendue ! s'exclame Pauline.

— Nous ne pouvions pas faire autrement.

Pierre-André n'a jamais aimé cet endroit, où il se sent démuni, nu face à l'immensité de la montagne et à cette terre torturée sur laquelle le garçon de la ville n'arrive pas à diriger ses pas. Il n'est à l'aise que dans son bureau, parmi ses dossiers, ses actes notariés.

De son côté, sa femme prend conscience que beaucoup d'éléments de la vie de ses parents lui échappent, que ces deux personnes dont elle se croyait proche sont en fait des inconnus pour elle. Leur séparation de cinq années ne ressemble-t-elle pas à la sienne ? Non, Pauline n'a pas quitté son mari pour rejoindre un autre homme.

— Qu'est-ce qu'on est venus chercher, au juste ?

Pierre-André ne répond pas. Elle passe dans la chambre en désordre ; le coffret à bijoux est resté ouvert sur une chaise. On y a relevé les empreintes de Sophie. Au sous-sol, Pauline inspecte chaque parcelle de ce fouillis familier, puis se dirige vers le potager et s'arrête dans l'allée face au petit chalet : des carottes ont été arrachées à la va-vite entre de grandes herbes piétinées. La voisine ? La jeune femme descend jusqu'à la maison située en contrebas, où Josette Pélerin nettoie une table de jardin devant son garage. Elle l'embrasse et répond d'elle-même au regard interrogateur que lui adresse la vieille femme : non, aucune nouvelle de Lucien, aucune nouvelle de Sophie. En retrait, Pierre-André salue d'un discret mouvement de la tête.

— Au fait, demande Pauline, c'est vous qui avez arraché des carottes dans le jardin de mon père et qui les avez apportées à Molette ?

— Certainement pas. Je ne me serais jamais permis de faire ça. Molette ne manque de rien, l'herbe lui monte à mi-jambe.

Cette fois, la jeune femme croit comprendre. Elle prend congé de la voisine, la remercie encore de s'être si bien occupée de son père et remonte jusqu'à l'enclos de l'âne.

— Voilà la preuve qu'ils ne retrouveront jamais le corps de papa ! dit-elle à son mari en désignant les carottes.

— Qu'est-ce que tu en sais ?

— J'en sais que Sophie n'aurait pas eu l'idée de donner des carottes à Molette.

— Et alors ?

— Alors papa ne s'est pas noyé dans le lac. Si impossible que ça puisse paraître, il est venu ici, à pied ou autrement, il a donné des carottes à son âne, puis il est reparti. Et je suis certaine qu'il est parti avec sa voiture, et que c'est lui qui l'a poussée dans le ravin.

— Et Sophie, dans tout ça ?

— Je ne sais pas. Mais je suis certaine que les pompiers peuvent arrêter leurs recherches dans le lac des Chavants.

Lucien ne voit pas les nuages qui glissent sur le glacier de Talèfre et remontent vers les Droites et la Verte, mais le poids de l'air immobile, le silence qui règne depuis que le vent s'est tu l'inquiètent : ce calme lourd précède souvent la foudre, l'ancien guide le sait, et son expérience met en lumière toute la précarité de sa position.

— Il faut absolument que tu montes ! crie-t-il à sa petite-fille. Tu n'es pas en sécurité !

— Je ne peux pas. J'ai trop mal !

— Fais pas ta tête de cochon ! Je vais te tirer !

Tony hurle à la mort et ses cris, amplifiés par la montagne, paraissent aussi menaçants qu'une sirène. Sophie n'en peut plus, son corps n'est que souffrance, égratignures et blessures, le feu de son estomac la paralyse.

— Il faut que tu montes, insiste Lucien. Je vais assurer la corde avec un mousqueton. Serre les dents, c'est urgent.

Encore une fois, la volonté de son grand-père s'impose et devient la sienne. Elle tente de se mettre sur ses jambes en s'appuyant à la paroi, aperçoit le vide. La montagne bascule, se renverse sur elle pour l'écraser. Une sensation d'étranglement l'emporte, la terrasse ; son corps est mou, sans os.

— Dépêche-toi ! Ça va barder !

Elle ferme les yeux, attrape la corde, pousse sur ses jambes de plomb, tire sur ses bras. Le cœur battant à se rompre, Lucien mobilise toutes ses forces pour hisser Sophie jusqu'à lui, centimètre par centimètre.

— Dépêche-toi ! hurle-t-il en serrant les dents. Tu ne sens pas l'odeur de l'électricité ?

La jeune fille soulève sa lourde chaussure droite. Les clous trouvent une aspérité, s'y accrochent, puis ripent. Sa jambe se détend comme un arc dont la corde aurait été brusquement coupée. Son cri se multiplie en écho ; elle se reprend, mais chaque effort réveille une myriade de douleurs qui freinent sa progression.

Lucien ne quitte pas des yeux un nuage blanc, sorte d'écharpe légère aux plumes effilochées dans le vent d'altitude. Il n'en voit qu'un morceau mais sait que derrière la montagne les cumulus sont en train de se charger de foudre. Souvent, les orages évitent les Drus pour se perdre vers le Chardonnet. Mais, lorsqu'ils frappent ici, la montagne est le jouet de leur fureur. Resté sur le petit rebord en contrebas, le chien sent la menace et se presse contre la paroi.

— T'en fais pas, mon Tony, tente de l'apaiser Lucien, je vais te monter. N'aie pas peur, tu ne risques rien !

Ce qui le tracasse, c'est le piton auquel est accrochée la corde de rappel : va-t-il tenir le choc ? Lucien n'a pas pris la précaution de le renforcer à coups de marteau-piolet, et sa négligence peut coûter la vie à sa petite-fille. Mais il n'a pas le temps de revenir en arrière.

Au-dessous de lui, Sophie s'acharne. Les gémissements désespérés du chien la poussent à mobiliser ses dernières forces. L'animal mord sa corde, qui ne se tend pas, saute, risquant de basculer dans le vide. La jeune fille gagne encore quelques dizaines de centimètres, puis cinquante d'un coup. Deux mètres la séparent encore du salut. Arc-bouté, Lucien inspire profondément afin ne pas céder au malaise latent, toujours prêt à le submerger. Son cœur bat la chamade, une scie lui coupe le corps en deux, mais il ne lâche pas prise.

Quelques débris de roche se sont détachés de la base du piton. Pourvu qu'il tienne !

Le nuage blanc s'épaissit, s'effrite sur la pointe du Grand Dru. Sachant ce que cela signifie, le vieux guide pousse un soupir de soulagement lorsqu'il voit enfin apparaître les mains de sa petite-fille sur le rebord de la corniche, puis son visage creusé de rides noires. C'est gagné ! Lucien bloque la corde à l'anneau, tandis que Sophie se hisse à la force des bras puis demeure un long moment hors d'haleine, près de son grand-père, dont les jambes flageolent. Les cris du chien percent toujours le silence de la montagne. Lucien saisit la corde pendue dans le vide, la tire à lui, mais il n'a plus la force de soulever quoi que ce soit. La jeune fille parvient à se caler sur sa jambe valide et à aider le vieil homme. À eux deux, ils finissent par treuiller Tony.

— Ça va barder ! Ici, on est pas aussi bien qu'au-dessus de la vire au Piton. La place est étroite ; on risque de prendre la foudre.

Il n'a pas terminé sa phrase qu'un roulement lointain d'avalanche se heurte au fronton de la montagne. Lucien est inquiet de ne pas voir de quelle manière évolue l'orage tapi derrière la masse de l'aiguille des Drus.

— Tant pis, on n'a pas le temps d'aller plus haut !

Il défait son harnais, où sont accrochés les mousquetons, les pitons et le piolet-marteau, qu'il attache à la corde.

— Fais pareil. Tu as autre chose de métallique sur toi ?

Sophie se recroqueville, les mains sur la tête, la tête sur les genoux ; le vide l'attire, la paroi dans son dos la pousse. Elle tremble, claque des dents, le manque se manifeste cette fois par un profond vertige qui se glisse dans son corps et ses mains gelées pour lui souffler des pensées suicidaires.

— Tu vas me répondre ? Faut faire vite tant qu'on peut !

— Non, j'ai rien.

— Donne ton sac, il a des boucles en fer et ça suffit ! ordonne Lucien en aidant la jeune fille à s'en débarrasser.

Il en sort les moufles, puis l'accroche près du sien au bout de la corde, avec tout le matériel d'escalade, qu'il laisse descendre dans le vide jusqu'à la terrasse du dessous, puis attache l'autre extrémité de la corde à un rocher pointu.

— Et le piton ! hurle-t-il encore.

Un vent rageur se lève, le roulement de la foudre fait vibrer la montagne. À coups de marteau, Lucien s'acharne sur le piton rouillé dont il redoutait la faiblesse quelques instants auparavant, mais qui ne bouge pas.

— Quel est le con qui m'a enfoncé ça si profond ?

À force de taper de travers, la tige se tord et casse au ras de la roche, le morceau de métal rouillé tombe dans le vide en tintant chaque fois qu'il heurte la paroi.

— Voilà ! fait le vieil homme. On est bien avancés. La foudre va tomber là, c'est certain.

Il cherche dans son bagage un gant fourré et le place sur le fer qui affleure, puis pose dessus une grosse pierre pour le maintenir.

— Ça peut aider, mais faut pas se faire d'illusions. On va trinquer !

Les lourds nuages plongent la montagne dans une pénombre angoissante. Un nouveau roulement se fait entendre, plus long, plus haché ; la paroi vibre. D'un mouvement du bras droit, Lucien plaque vivement la jeune fille contre la roche tandis qu'une coulée de pierres sans doute détachées par le vent ou l'onde du tonnerre pleut autour d'eux. Tony, lui, s'est réfugié derrière les jambes de son maître. Alors le roulement de l'orage prend le dessus, puissant, grosse machine qui broie tout sur son passage.

Cette fois, le tonnerre claque tout près, et la montagne semble se disloquer, sombrer sous son propre poids, partir en lambeaux. Plaquée contre le rocher, Sophie ne bouge plus, ne tremble plus, figée dans une peur terrible qui l'empêche de respirer.

Une pluie battante s'abat d'abord sur eux, puis la neige, épaisse, recouvre tout en quelques minutes.

— Neige d'été, mauvais temps assuré, grogne Lucien. Ça peut durer plusieurs jours !

La montagne se dissout dans le nuage sombre et la neige. Le bruit incessant du tonnerre, amplifié par le vacarme de l'écho, les isole totalement. La terre entière paraît s'effondrer dans un gouffre sans fond. C'est la fin du monde.

— Tu entends ?

Tony gratte la roche de ses pattes avant comme pour s'y creuser un trou où se réfugier. Sophie entend, plus près que les roulements de l'orage, un très léger bourdonnement, le bruit d'un essaim d'abeilles autour d'une ruche.

— Les abeilles de la foudre, crie Lucien en repoussant le chien, qui tente de se terrer dans ses jambes. C'est pour nous ! Si je tenais le fils de pute qui a enfoncé ce piton... Vite, le chien !

Tony gît près d'eux, le corps secoué de convulsions. Son maître le pousse à l'écart sur le rebord le plus étroit de la corniche, et l'attache au rocher.

— Mon bon Tony, murmure-t-il, je peux pas faire autrement.

Il serre l'animal contre lui, puis s'en éloigne.

— Mais enfin, Lucien, hurle Sophie, tu vois bien qu'il a peur !

— Je le mets là parce qu'il risque d'attirer la foudre. S'il reste avec nous, on est tous cuits !

Une puissante détonation, le ciel se déchire en une lumière aveuglante, la montagne se renverse sous les coups de bélier de l'orage. La jeune fille ferme les yeux et rentre la tête dans les épaules. Quelque chose la pousse vers le vide, un gros animal qui l'aurait bousculée.

— Le prochain coup est pour nous ! hurle Lucien en s'accroupissant. Cache ta figure derrière tes moufles, mets-toi en boule et surtout ne bouge pas ! Tes moufles, nom de Dieu ! Sur ta figure !

Les cheveux de Sophie se hérissent sur sa tête comme si on allait les lui arracher. L'air lui manque. Seuls les battements de son cœur frappent douloureusement ses tempes. Prisonnier sur son coin de rocher, Tony pousse une plainte lugubre.

— Lucien, il faut que je te dise…

— Prie la Madone. On dit qu'elle ramasse la foudre pour épargner les égarés !

Une énorme explosion. Un déferlement de feu, de roche éclatée. Sophie sent un courant électrique la traverser, durcir ses muscles, recroqueviller ses doigts. Près d'elle, Lucien n'a pas bronché. Le tonnerre ballotte entre les cimes, n'en finit pas de rouler vers la vallée. Enfin, le vieil homme secoue la jeune fille.

— Ça va ?

Elle promène autour d'elle un regard vide, ouvre la bouche pour retrouver son souffle.

— Tony ! s'écrie tout à coup Lucien.

L'animal est allongé sur son rocher, les pattes pendant au-dessus du vide. La neige le recouvre, épaisse, gelée, et continue de tomber à gros flocons.

— Mon pauvre Tony !

Sophie reprend conscience. Il lui semble revenir de très loin, d'un cauchemar inextricable.

— Tony, murmure-t-elle en posant à son tour sa main sur le pelage de l'animal, dont les pattes s'agitent encore comme s'il courait dans la lande.

— Il a pris pour nous, fait Lucien d'une voix sombre.

— Qu'est-ce que tu vas faire ?

— On ne peut plus rien pour lui.

Tout en parlant, il glisse une écharpe roulée en boule sous la tête du chien agonisant. Pour abréger la souffrance de ce compagnon silencieux et attentif, Lucien sait ce qu'il lui reste à faire. Pourquoi l'a-t-il entraîné dans cette folie ? Tony, ce chien fidèle au-delà de tout, paie pour la témérité de son maître, pour cette audace destinée à effacer ses propres bêtises.

Le gros de l'orage s'éloigne ; l'averse cesse, le ciel se dégage, les nuages se dirigent vers Chamonix. Le soleil perce sur une montagne miroitant de plaques éphémères de neige et de verglas. Les rochers semblent enrobés d'un verre dégoulinant d'eau scintillante. Malgré leurs anoraks spécialement conçus pour résister au froid et à la pluie, Sophie et Lucien sont trempés.

Le chien respire difficilement, en un grincement de métal rouillé. Sophie a mal pour cet innocent et le caresse en lui murmurant des mots pleins de douceur. Son impuissance à le soulager éclate en une violente colère. Elle se détend comme un diable, se jette sur son grand-père, s'accroche à son anorak et hurle :

— Mais qu'est-ce que tu veux ? Tu as tué le chien ! Et maintenant, c'est mon tour ?

Lucien ne bronche pas. Il tient de la main droite la corde au bout de laquelle pendent le matériel et les sacs, les harnais, qu'il remonte lentement. La jeune fille revient à la charge :

— Tu te rends compte que tu es dingue ?

Lucien allume lentement une cigarette, expire la fumée loin devant lui. Sophie hurle toujours :

— Mais tu vois pas qu'il souffre ?

— Tu as raison, fait le vieil homme en jetant sa cigarette.

Le calme apparent de son grand-père désarme la jeune fille. Le vieux guide prend Tony dans ses bras et le serre très fort contre lui. Le silence donne à chacun de ses gestes plus de poids que d'ordinaire. Son visage grave exprime une fatalité inhabituelle qui fait mal à voir. Des larmes roulent de ses yeux et descendent les sillons des rides sur ses joues.

— Mon Tony, je te demande pardon ! dit-il en enfouissant son visage dans le poil imbibé de neige fondue. Pourquoi je fais toujours du mal à ceux que j'aime ?

Puis, fermant les yeux, en un mouvement auquel Sophie ne s'attendait pas, il projette l'animal dans le vide. Un cri vite étouffé. Le silence a gagné. Lucien se laisse tomber près de son sac en sanglotant comme un enfant. Sophie pose sa main sur sa joue gelée. Il tourne vers elle son regard clair où se lit un désespoir résigné.

— Qu'est-ce que je pouvais faire ? murmure-t-il.

La jeune fille prend le paquet de cigarettes dans la poche de son grand-père. La paroi étincelle : la neige aveugle sous le retour du soleil.

— Elles sont mouillées ! fait-elle en lançant le paquet dans le vide.

— J'en ai d'autres dans le sac. Il doit en rester deux ou trois paquets dans le fond, bien au sec.

Elle fouille, sort une gourde en peau de chèvre et trouve enfin ce qu'elle cherche.

— Il faut attendre que tout ça soit fondu, précise Lucien.

Il a froid au plus profond de lui-même. Pour la première fois, le doute l'étreint : a-t-il eu raison de se lancer dans cette course forcément dangereuse pour Sophie ?

— La vie est une fameuse garce ! dit-il en tendant le briquet à sa petite-fille.

Il débouche la gourde et avale une rasade de gnôle.

— Prends-en un peu, ça réchauffe !

La jeune fille approche le goulot de ses lèvres. Le liquide lui brûle la bouche puis la gorge, mais ce n'est pas désagréable.

— Au fait, ton copain, le déculotté, qu'est-ce que tu comptes en faire ?

Avant l'orage, Sophie se serait cabrée. À présent, tout est différent, comme si la foudre l'avait nettoyée de ses dernières pensées obscures et que la peur eût ouvert des passes dans son esprit. Elle ne tremble plus, et le feu de son estomac s'est calmé.

— Cédric s'est toujours débrouillé seul. Il ne connaît que la force...

— Mais qu'est-ce qu'il a dans le cigare ?

— Il n'est pas beaucoup allé à l'école, alors il s'arrange comme il peut. Il a bien compris que sans fric tu ne vaux rien, et que les autres te méprisent.

Lucien boit une autre gorgée de gnôle.

— Et toi, tu ne m'as toujours pas dit pourquoi tu voulais monter là-haut.

— Je te l'ai dit, c'est pour voir ma figure dans le bleu du ciel le plus pur qui soit. Je vais te raconter une histoire. On était sur l'autre face, avant que les chutes de rochers la chamboulent complètement. Le client était un Allemand qui savait tout, qui connaissait tout. Il voulait monter le premier. J'ai refusé, mais comme Armand insistait je l'ai laissé passer à la place du porteur. J'ai fait la cheminée, une vingtaine de mètres très raides, il fallait tailler les prises au piolet parce que la glace les avait bouchées.

Sophie écoute, bouche entrouverte, telle la petite fille à qui son grand-père racontait une histoire avant qu'elle s'endorme. Sa cigarette se consume entre ses doigts. Le tonnerre gronde au loin, amplifié par la montagne, et on pourrait croire que l'orage revient, mais le vieux guide reste confiant.

— Tant que le vent reste dans ce sens, on ne craint rien. Donc, mon client s'est lancé dans cette cheminée particulièrement difficile, et tout à coup un morceau de roche s'est détaché, et lui avec. Il est tombé en criant, et il s'est écrasé en bas. On l'a redescendu comme un paquet. Il gémissait, comme Tony tout à l'heure. Je lui ai fait boire la moitié d'une bouteille de gnôle pour qu'il tienne le coup. Il a été hospitalisé, et ensuite on n'a plus entendu parler de lui. Pourtant, je ne sais pas comment, mais il a su que j'allais prendre ma retraite, et à ce moment-là il a voulu remonter au sommet du

Petit Dru avec moi. C'était ma dernière course. On était six guides et quatre porteurs, et on l'a monté prier la Madone. Il n'avait plus de jambes, et elle l'avait sauvé.

— Tu parles ! Sauver quelqu'un en lui piquant ses jambes, je ne sais pas si on peut appeler ça « sauver »...

— En montagne, il faut toujours payer un tribut. Les jambes, c'est encore pas grand-chose... regarde le Joseph de la Léontine : lui, il a donné sa raison.

— Ça te va bien de parler comme ça !

Lucien jette son mégot dans le vide et en suit du regard la chute jusqu'à ce qu'il se perde dans la brume. Il pense à Tony.

— Tu m'étonneras toujours, reprend Sophie, considérant l'écart entre le retraité de Lumeret et le guide intrépide.

À cet instant, il lui semble être double elle-même, une nouvelle jeune fille ayant vu le jour et bousculant la précédente.

— Ah bon ? Pourquoi ?

— Parce que tu as l'allure d'un paysan, et que les paysans ne font jamais rien pour rien. Quand on te voit, on a du mal à croire que tu as passé ta vie à grimper sur les plus hautes montagnes.

— Allez, on continue !

— Moi, je peux pas. J'ai dû me fouler la cheville.

— Impossible que tu restes là. Le vide va t'avaler. Ça commence avec des idées saugrenues, comme si tu avais trop bu, et puis tu défais ta corde et tu te mets à danser sur les nuages... Tu viens.

— De toute façon il faut tomber, alors, que ce soit d'ici ou de plus haut, ça ne changera pas grand-chose !

— Fais voir ta cheville.

Lucien ôte la chaussure gauche de sa petite-fille et en tâte l'articulation.

— Qu'est-ce que tu racontes ? Elle va très bien !

Pendant que Sophie remet sa chaussure, Lucien s'encorde, attache les mousquetons dans un bruit de clochettes et pose ses gants en levant la tête vers le fameux passage au Piton d'une vingtaine de mètres, très compliqué malgré des prises visibles et des anneaux rouillés suffisamment solides pour soutenir le poids d'une cordée. Enfin, il s'élève lentement sous les yeux étonnés de l'adolescente. Où va-t-il chercher une telle vitalité ?

Toutefois, il est à la peine. Ses membres refroidis n'ont plus la force de le porter, les clous de ses chaussures glissent sur la pierre sans aspérités. Ses doigts lui font mal. Avec la retraite, ses mains sont devenues celles d'un joueur de cartes ; le roc les déchire. Une affreuse douleur comprime sa poitrine. Il progresse pourtant, lourdement, gros insecte maladroit risquant la chute à chaque mouvement. Voici venu l'endroit le plus difficile. Le gel n'a pas totalement fondu. Lucien doit dégager la première fissure au piolet, mais ne peut manipuler l'outil sans se déséquilibrer. Sa jambe droite flanche sous son poids, et l'eau gelée qui ruisselle sur son visage rend ses gestes imprécis. Lorsque son pied droit glisse, le piolet résonne contre la roche, et ses doigts passent rapidement contre la fente sans parvenir à s'y accrocher. Il tombe comme un bloc et vient s'écraser près de Sophie.

Pauline est désormais certaine que son père ne s'est pas noyé : il est absolument inconcevable qu'il soit venu donner des carottes à son âne puis reparti à pied vers le lac. Le scooter et le portable indiquent que Sophie était là en même temps que son grand-père. Que s'est-il passé entre eux pour que la voiture finisse dans le ravin près de Chamonix ? Impossible à dire, mais là est sans doute la raison de leur absence.

— Il faut que je parle à Alain.

À côté d'elle, Pierre-André ne cesse de téléphoner : les affaires continuent. Ce qu'est devenu son beau-père l'inquiète, certes, mais, en fin de compte, la mort de Lucien ne libérerait-elle pas tout le monde ? En revanche, imaginer Sophie aux mains de salopards le plonge dans une colère meurtrière.

Alain est encore dans son cabinet à préparer des commandes. Ses journées n'en finissent pas ; il gagne un peu d'argent en accumulant les heures de travail. Près de lui, Anne s'investit dans ce qu'ils considèrent tous les deux comme une mission salutaire : donner des consultations gratuites dans les dispensaires, se dévouer pour oublier leur vie trop vide et échapper au désespoir.

— Ah, c'est toi, Pauline ? Qu'est-ce que tu veux ?

— Alain, j'ai la preuve que papa ne s'est pas noyé dans le lac et qu'il est venu à Lumeret. C'est lui qui est parti avec sa voiture.

— Je m'en doutais un peu. L'autre jour, je suis passé au chalet, et son matériel d'escalade n'était plus à sa place, au fond, tu sais ? Il ne restait plus qu'une ou deux cordes jetées par terre n'importe comment.

Pauline ouvre la porte et confirme.

— C'est vrai, il n'y a plus rien.

— Laisse-moi dix minutes et je te rappelle. Il faut que je vérifie quelque chose, dit Alain en composant un numéro sur le téléphone du cabinet.

— Allô, Armand ? Je voudrais vous poser une question. Je sais que mon père voulait donner son matériel d'escalade à votre fils, mais les sacs ne sont plus à leur place. Est-ce que par hasard l'un de vous serait allé les chercher ?

— Non, réplique Armand Dubos de sa voix rauque. Jamais Bernard ou moi ne nous serions permis d'aller prendre quoi que ce soit à Lumeret sans vous en parler.

— C'est bien ce qu'il me semblait. Bon. Ce n'est pas grave. Le matériel est peut-être rangé ailleurs. Merci, au revoir.

Alain rappelle immédiatement sa sœur.

— Tu avais raison, Pauline. C'est bien notre père qui a pris sa voiture pour aller jusqu'au Montenvers. Et je crois même savoir où il est allé… Je le soupçonnais déjà, mais maintenant j'en suis certain : il est en train de grimper sur une aiguille, de faire sa dernière grosse.

— Alors ça, c'est la meilleure ! Comme tête de con on ne fait pas mieux ! Dans ce cas, vu son état, il est tombé, c'est sûr. Il faut lancer les recherches au plus vite.

Lorsque Pauline explique la situation à Pierre-André, celui-ci émet des réserves.

— Tu oublies qu'on a retrouvé les empreintes de Sophie dans la voiture.

— Eh bien, elle est avec lui.

— Impossible. Tu sais parfaitement ce qu'elle cherchait : elle n'avait pas de temps à perdre avec son grand-père.

— C'est bizarre, je te l'accorde, mais il n'y a pas de temps à perdre. J'appelle le commandant Lejeune pour qu'il cherche ailleurs.

Elle s'isole un instant.

— Allô, monsieur Lejeune ? J'ai la preuve que mon père n'est pas au fond du lac : il est passé à Lumeret et en est reparti avec sa voiture, celle qu'on a trouvée dans le ravin.

— Voyons, madame, ce n'est pas possible. Votre père était malade, son état ne lui aurait jamais permis de parcourir une si longue distance.

— Eh bien si ! Et je dirais même plus : il est parti vers Chamonix avec son matériel d'escalade pour se payer une dernière montée, et sûrement pas n'importe laquelle. Il faut le chercher dans les aiguilles.

Lejeune n'est pas convaincu. Cela dit, depuis deux jours, il constate à quel point l'avis des spécialistes manque de fiabilité. Selon eux, M. Bessette ne pouvait pas avoir fait plus de deux kilomètres, et pourtant on a retrouvé sa trace au bord du lac des Chavants, soit à neuf kilomètres de son point de départ. Lumeret étant à moins de cinq kilomètres de là, le vieil homme peut tout à fait avoir franchi cette distance supplémentaire.

— Vous savez, ajoute Pauline, mon père est un homme un peu particulier…

Ce mot l'arrête. Son mari ne la quitte pas des yeux.

— Il a voulu mourir en beauté, voilà la vérité ! poursuit-elle.

— Bon, je vais faire le nécessaire. Demain, dès que le jour se lèvera, un hélicoptère explorera la région. À votre avis, où est-ce qu'il est allé ?

— Il aimait tout particulièrement les aiguilles, la Verte, la Blanche, la Droite, et surtout les Drus.

— Ça fait beaucoup. Il nous faudra plusieurs jours pour fouiller une zone si vaste.

— Commencez par les Drus. C'était sa montagne à lui. C'est au pied de la madone qu'il a demandé ma mère en mariage.

Pauline range son téléphone et se tourne vers Pierre-André.

— On rentre !

— Où ça ?

Ils gardent le silence pendant tout le trajet, puis Pauline gare enfin sa voiture près du 4 × 4 de son mari.

— J'ai beaucoup réfléchi, dit celui-ci en ouvrant la portière.

Pauline ne peut s'empêcher de penser à son père parti cinq années durant et rentré un soir, sans la moindre explication. Elle hésite un instant puis murmure :

— Viens.

Sans un mot, ils montent jusque chez elle. Pierre-André reste debout au milieu du salon, perdu dans cet espace de cinquante mètres carrés. Sa femme l'invite à s'asseoir sur le canapé neuf en cuir noir. Dans ce lieu nouveau, elle lui apparaît différente, une inconnue intrigante, attirante.

— Tu as des nouvelles de ton client pour la maison de Lumeret ?

— Ça traîne. M. Cochet n'a pas eu son prêt. La vente tombe à l'eau, il faut que je trouve quelqu'un d'autre. C'est une question de temps, mais la saison est mal choisie. Je vais essayer de trouver une solution avec mes collègues parisiens…

— Et si on ne vendait pas ? J'ai envie de racheter la part de mon frère et d'y habiter.

— Mais c'est un trou !

— Oui, un trou au sommet d'une colline. Mais j'en ai besoin.

Pauline pense à sa mère et s'assoit près de son mari. Leurs épaules se frôlent, alors, Pierre-André prend la main qu'elle lui abandonne.

— Lucien, réponds-moi !

Sophie secoue son grand-père. La poitrine soulevée par une respiration hachée, toujours inconscient, le vieil homme est allongé sur la corniche, un bras dans le vide, où le moindre geste incontrôlé pourrait le précipiter. La jeune fille lui tapote les joues ; rien à faire. La nuit tombe lentement, agitée par de lointains éclairs. Des orages continuent d'éclater sur le massif, mais épargnent les Drus. Il fait froid, un froid piquant d'hiver. Ici, l'été n'a pas sa place. C'est le domaine du vent qui se brise sur les rochers, de la glace qui lustre les pentes pour les rendre mortelles, du minéral ; la vie en est bannie. Y respirer est déjà un exploit.

— Lucien ! Tu vas me répondre ?

Depuis combien de temps est-il là, inerte, ouvrant parfois les yeux mais ne voyant rien, et toujours cette poitrine qui se soulève lentement et s'abaisse en expirations bruyantes, comme un soufflet percé.

— Dis-moi où tu as mal !

La brume épaissit l'ombre et plonge la montagne dans un noir total. Sophie tâtonne, fouille dans le sac de Lucien. La plus grande vigilance s'impose : le vide est là, immense, invisible et toujours ouvert. Ses mains trouvent enfin une petite lampe électrique, qu'elle allume et pose sur le rocher.

D'abord, s'attacher, pense-t-elle. Elle a l'esprit clair ; pas la moindre pensée discursive pour l'éloigner de son objectif. Le vertige l'a quittée, le manque de drogue la laisse tranquille. Méthodiquement, elle ramène les cordes mouillées qui pendent dans le vide en faisant bien attention à ne pas les emmêler, puis les attache au premier piton que Lucien a planté après l'orage. Une fois la corde de son grand-père solidement nouée, elle s'attache à son tour, cherche à nouveau dans le sac, y trouve la gourde d'eau-de-vie, en dévisse le bouchon avec des gestes lents. Elle n'a rien mangé ni bu depuis le matin, mais n'y pense pas. Dans la faible lueur de sa lampe, elle tourne vers elle le visage de Lucien, lui entrouvre les lèvres et y laisse couler un peu de gnôle. Le vieil homme referme la bouche, avale. Elle boit à son tour une gorgée du liquide brûlant, qui la fait tousser. Une agréable chaleur l'envahit. Son grand-père grogne et bouge la tête.

— Lucien, enfin…

Le vieil homme pousse un profond soupir et demande d'une voix éteinte :

— On est où ? Pourquoi on m'a enlevé mes couvertures ? J'ai froid.

— Réveille-toi, Lucien. On est sur le Petit Dru, pas dans ton lit. C'est toi qui as voulu grimper ici.

— Qu'est-ce que tu racontes ?

Son corps est de plomb ; ses jambes, de pierre. Et ses bras refusent de se plier.

— Appelle Marguerite, demande-t-il. Elle est dans une chambre à côté. Dis-lui de venir m'aider pour aller au déjeuner. Ce matin, je me sens pas bien.

— Mais enfin, Lucien ! Tu n'es pas aux Prés d'Or, tu es sur l'aiguille des Drus, au bord du vide ! Et ce n'est pas le matin, mais le soir !

— Sur les Drus ? Ah, oui, c'est vrai.

La jeune fille lui fait boire encore un peu d'eau-de-vie. Il ferme les yeux tandis qu'il avale plusieurs gorgées, puis se met à bredouiller des mots sans suite. Sophie déplie le duvet, l'étale sur le corps inerte. Fourbue, elle se recroqueville contre lui et ferme les yeux pour quelques heures.

Le jour, qui se lève très tôt, filtre à travers l'épaisse brume qui recouvre tout, aiguilles et vallée. Assis, Lucien regarde autour de lui.

— J'ai mal partout. J'ai dû me casser quelque chose. Cette brume, ajoute-t-il après un silence, c'est pas bon du tout ! Elle peut durer plusieurs jours et amener de nouveaux orages. Prends mes cigarettes et mon briquet dans ma poche.

Il pousse un grognement. Une vive douleur l'empêche de bouger sa jambe droite. Ce vieillard-là n'a plus rien du gaillard de la veille. Sa respiration bruyante lui fait mal. Il essaie de tendre le bras, mais sa main est si lourde qu'il y renonce.

Sophie tend l'oreille : un bruit approche, le grondement d'un moteur.

— Un hélicoptère ! s'exclame-t-elle. J'entends siffler les pales.

— C'est peut-être nous qu'il cherche, mais j'y crois pas. Avec cette brume, il ne faut pas compter sur les secours…

Le moteur s'éloigne, laissant la place à un étrange silence, qui résonne aux oreilles de la jeune fille. Inquiète, elle pose sa main sur le front ridé de son grand-père.

— Je te disais, l'autre jour, reprend Lucien, que dans la vie parfois tu ne sais plus ce que tu fais. Et quand tu te réveilles, tu ne peux rien faire pour réparer les dégâts.

— De quoi tu parles ?

Il soupire longuement, ferme les yeux.

— De ça et du reste, fait-il, incapable d'aller plus loin dans son effort de sincérité. Après ta connerie, tu marches la tête basse, lourd et maladroit comme un gros scarabée.

— Laisse ça, Lucien. On n'en parle plus.

— Moi j'y pense tout le temps. J'ai beau faire le malin, ça me plombe !

Tout à coup, il ouvre la bouche, semble étouffer, et son visage se contracte en une horrible grimace qui lui retrousse les lèvres. Ses bras se tendent puis retombent, pesants, de vraies bûches. Sophie le secoue.

— Cette fois…, dit-il.

La jeune fille serre la vieille tête contre sa poitrine. La casquette de Lucien roule sur le rocher et tombe dans le vide.

— Grand-père…

— Il faut que je te dise…

Sa voix se perd dans un bruit de gorge, ses yeux se révulsent. Un filet de bave coule à la commissure de ses lèvres sèches et suit les rides des joues. L'adolescente pousse un cri strident, que l'écho répète.

— Lucien…

Il n'a aucune réaction. Sophie saisit la gourde et fait couler de l'alcool dans la bouche du vieil homme.

— Lucien, tu m'entends ?

La montagne se peuple d'une infinité de Sophie qui appellent un Lucien inconscient, arrivé au bout du chemin, là, sur le rebord de la corniche. La brume s'épaissit ; jamais les secours ne les trouveront. La jeune fille est-elle condamnée à mourir de faim et de froid ici, près d'un cadavre en décomposition ? Elle pense alors à Cédric, le « déculotté », le mauvais garçon si laid quand il veut jouer les durs, ce grand échalas maigre et osseux, pas très intelligent, et qui cache sa peur sous des airs de caïd.

Elle tente à nouveau de faire boire de la gnôle à son grand-père. Il respire. Faiblement, mais il respire, preuve que son cœur bat toujours. Alors, en désespoir de cause, sur ce perchoir suspendu au-dessus de rien, Sophie s'adresse à la Madone perdue dans la brume du ciel :

— Sauvez Lucien ! prie-t-elle les mains jointes. Sauvez-le ! Je jure que je ne toucherai plus jamais à la drogue et que je m'occuperai des enfants malheureux.

Le soleil commence à chauffer à travers la brume, répandant une moiteur qui colle les vêtements à la peau.

Alain est pessimiste : d'après la météo, la brume ne se lèvera pas de la journée. L'hélicoptère ne pourra donc pas approcher les aiguilles avant vingt-quatre heures. Lorsqu'il ouvre son cabinet, il ne se sent pas à sa place, et quand il entreprend de nettoyer une petite carie sur une prémolaire de son premier patient, ses gestes n'ont pas leur précision habituelle. Près de lui, Anne est aussi efficace qu'à l'accoutumée, mais par pur automatisme. Son mari est si inquiet qu'il n'a pas fermé l'œil de la nuit, et cela la préoccupe. Le patient enfin parti, Alain s'assoit à son bureau et consulte son planning : trois personnes sont déjà assises dans la salle d'attente, la matinée sera bien occupée. Il n'a qu'une demi-heure de battement à onze heures.

— Ça va être difficile, aujourd'hui, dit-il à sa femme. Je suis fatigué et je fais du très mauvais boulot.

Anne est très menue. Ses cheveux courts augmentent l'intensité de son regard et cette volonté voilée de tristesse, cette sorte de langueur qui freine ses mouvements toujours pleins de délicatesse.

— Je sais où est mon père ! dit soudain Alain en observant par la fenêtre la ville engluée dans la brume. Je vais parler aux patients qui sont là, et toi tu annules les autres rendez-vous de la matinée et de l'après-midi. Ils comprendront.

— Tu sais bien que c'est inutile. Tu te fais du mal pour rien.

Il se fait du mal, en effet. Les événements l'ont remis face à lui-même. L'adolescent qui détestait son père se réveille en lui pour régler des comptes. L'heure de reconquérir une partie de sa personne a sonné ; il redevient un Bessette.

— Il faut que j'y aille !

— Mais où ? Tu vois bien que tu es trop fatigué ! Reste ici ! Qu'est-ce que tu veux faire ?

— C'est mon devoir d'aller chercher mon père.

— L'hélicoptère va tourner toute la journée, dis aux pompiers où le chercher, et s'il y a une chance de le retrouver ils le retrouveront !

— Non, réplique sèchement Alain. La brume empêche les secours d'agir, en hélicoptère ils ne verront rien. Il faut que j'y aille.

— Alors je viens avec toi !

— Non, tu ne peux pas.

Anne n'insiste pas. Elle croyait que, une fois Lucien disparu, les contradictions d'Alain s'apaiseraient enfin. Mais la confrontation est indispensable.

Elle pousse un long soupir. Sa vie a consisté à attendre, à espérer que, par quelque miracle, elle arriverait à avoir un enfant. Mais cet espoir s'est évanoui à jamais avec les dernières tentatives de fécondation *in vitro*. Alors elle s'est raccrochée au rêve d'une adoption réussie. Alain avait fini par se laisser convaincre mais, à mesure que le temps passe, que les différentes démarches aboutissent, il devient de plus en plus réticent. Pourtant, elle a tant d'amour à donner qu'elle a la certitude de rendre heureux le petit Bessette adoptif qui s'installera bientôt à Chamonix, où il se sentira chez lui. Elle emploiera toute son énergie pour qu'il en soit ainsi.

Les patients se montrent compréhensifs lorsque le dentiste leur explique la situation. Ils sont au courant : ce matin, les journaux parlent longuement de l'introuvable fugitif des Prés d'Or.

Alain passe dans la petite pièce qui lui sert d'atelier, où il aime bricoler de vieilles pendules récupérées dans des brocantes. Il allume la lumière et prend sous l'établi une grosse caisse en bois, l'ouvre et soulève le papier d'emballage qui recouvre ce dont il n'a pas pu se séparer depuis ses dix-huit ans, un cadeau de son père : l'attirail indispensable au grimpeur, et deux belles cordes de chanvre à cœur d'acier… Un matériel flambant neuf qui ne devait jamais servir. Il charge la caisse dans sa voiture ; il n'a plus rien du praticien calme et posé tant apprécié à Chamonix, mais tout du Bessette prêt à en découdre avec la montagne.

Anne l'attend devant le portail, dans sa blouse blanche d'assistante dentaire qu'elle n'a pas pris le temps de quitter. Son mari sort de sa voiture et, sans un mot, la prend dans ses bras puis s'en va.

Il fait une halte au supermarché à la sortie de la ville, achète du pain, de la charcuterie, de l'eau, une bouteille de whisky pour l'indispensable gourde destinée à réchauffer le corps en cas d'urgence, et enfourne le tout dans son sac. Avant de repartir, il appelle sa sœur.

— Pauline, je sais où est notre père, je vais le chercher.

— Je viens avec toi.

— Non, impossible.

Il traverse la voie ferrée du Montenvers en empruntant une piste qui s'arrête au pied du glacier. Là, il est seul, les randonneurs ayant renoncé à cause de la brume, qui commence à se lever mais bouche encore l'horizon et recouvre les sommets. Sans réfléchir, comme s'il s'était préparé à cela depuis longtemps, il s'équipe et vérifie le contenu de son sac. De petits torrents gargouillent au bas du fronton gelé et se rassemblent en un ruisseau d'eau sale. Alain connaît l'endroit pour l'avoir parcouru plusieurs fois lorsque son père rêvait de faire de lui un alpiniste, il n'ignore pas à quels dangers il devra faire face en cette saison de débâcle. Les aiguilles, dont il sent la présence invisible, règnent sur le silence.

Tandis qu'il se prépare, une petite Renault vient se garer près de lui.

— Pauline, qu'est-ce que tu veux ?

— Je t'accompagne. Sophie est avec lui.

— Comment tu le sais ?

— Il n'y a pas d'autre possibilité !

— Mais tu ne peux pas, c'est trop dangereux !

Sans répondre, la jeune femme sort du coffre de sa voiture son sac d'alpiniste, des chaussures cloutées et tout l'attirail nécessaire. Elle aussi a reçu ce cadeau d'un père qui ne pouvait pas imaginer une vie sans escalade.

— Il ne me manque que les cordes, mais je sais que tu en as.

En quelques minutes, elle est prête. Elle ajuste ses lunettes et se dirige vers le sentier entre les rochers roulés par la glace. Devant, Alain avance du pas régulier des montagnards. Sur son dos, son sac transforme sa silhouette, et il paraît moins pataud. Pour la première fois, sa sœur remarque sa démarche, identique à celle de leur père.

— On va s'encorder. C'est plus prudent.

Pauline ne lui conteste pas son rôle de guide et fixe son harnais. Une fois attachés l'un à l'autre, ils repartent. La progression est de plus en plus difficile et dangereuse. Alain retrouve des réflexes qu'il croyait oubliés depuis longtemps et scrute la glace devant lui, la tâtant du bout de son piolet pour en éprouver la solidité.

Plusieurs heures d'une marche prudente leur sont nécessaires pour atteindre le pied du Petit Dru par le nord-ouest. Alain sait que d'autres orages éclateront lorsque la brume se lèvera ; son père lui a appris à décrypter les signes du temps et il comprend, à l'absence de vent, à cette sensation de lourdeur, que l'air est encore chargé d'électricité.

Sans un mot, ils mesurent leurs foulées, mais ils vont beaucoup trop vite pour tenir longtemps. Sous la glace fragile, la pluie a creusé de petits lacs éphémères et des galeries. Alain s'étonne de connaître tout cela ; les multiples conseils qu'il avait l'impression de ne pas écouter se sont donc imprimés malgré lui dans son esprit…

À mesure que les heures passent, Pauline montre les premiers signes de fatigue. Ses pas sont moins assurés ; ses grosses chaussures butent contre les cailloux. Ils traversent ainsi la mer de Glace en suivant les sentiers taillés par les promeneurs, s'engagent dans un dédale rocheux à forte pente, mais encore à la portée des amateurs qui veulent se donner l'illusion d'être de véritables varappeurs.

Épuisé, Alain fait une pause. Leur père ne doit plus être très loin. Certes, la première partie de l'ascension ne présente pas de véritable difficulté, mais elle est déjà hors de la portée d'un vieil homme malade.

— On va manger. Je suis sûr qu'on n'est plus très loin du but.

Le silence, ce silence absolu, à nul autre pareil, oppresse Pauline, qui l'entend tel un signe défavorable.

— Si papa n'est plus très loin, dit-elle, je me demande pourquoi Sophie n'a pas fait demi-tour.

— Elle serait incapable de retrouver son chemin.

La jeune femme connaît assez la montagne pour savoir que, seule, sa fille n'a aucune chance d'échapper aux pièges invisibles du glacier.

— Son grand-père lui a assez parlé de la montagne pour qu'elle n'en ignore pas les dangers, ajoute Alain pour rassurer sa sœur.

Pauline ouvre son sac et montre ses provisions à son frère. Elle n'est pas la fille de Lucien Bessette pour rien ; elle sait quelles précautions fondamentales doivent prendre les alpinistes.

— Qu'est-ce qui te fait dire qu'elle est avec lui ? demande Alain.

Il n'a pas dit « papa » ; ce mot douloureux est sorti de son vocabulaire depuis longtemps.

— Ce qui me le fait dire, c'est que Sophie est introuvable et qu'elle a forcément rencontré son grand-père à Lumeret. On a relevé ses empreintes dans la voiture accidentée.

— Ça ne prouve rien. Après avoir poussé la voiture dans le ravin, ils ont pu partir chacun de leur côté.

Possible, mais Pauline n'y croit pas. Alain mastique son pain, songeur. Il pense à Sophie. Cette adorable gamine sur laquelle Anne reportait son amour de mère en souffrance est devenue une adolescente irascible, en guerre contre la terre entière.

— Et avec la drogue, elle en est où ?

Il vient de prononcer le mot tabou. Pauline grimace et secoue négativement la tête.

— Toujours pareil, je crois. Je n'ai pas été la mère attentive dont elle aurait eu besoin. Je ne sais plus où j'en suis.

Son frère lui lance un regard intrigué. Il joue un rôle qui lui convient, celui qui consiste à poser les questions ; il se sait bien au-dessus des difficultés de sa sœur, même si ses propres interrogations demeurent sans réponse. En ce sens, il est bien un Bessette, en tous points semblable à celui qu'il rejette.

— Et puis, Pierre-André… On l'a toujours trouvé bizarre. Tu ne peux pas dire qu'on ne t'a pas avertie, mais tu n'as rien voulu entendre.

Pauline pince les lèvres. Son frère dit vrai, mais comment résister à l'élan du cœur ?

— Pierre-André n'est pas ce qu'on croit. Il n'a pas su s'émanciper de sa mère !

— S'il avait eu un peu de caractère…, réplique Alain, et cela lui évoque irrésistiblement sa propre expérience avec son père.

— Enfin, bref, avoue Pauline, maintenant que je l'ai quitté, il me manque. Pourtant, je préparais notre séparation depuis plus de six mois.

— Qu'est-ce que tu vas faire ?

— D'abord retrouver Sophie. Ensuite, on verra.

Elle se rend compte qu'elle n'a pas parlé de Lucien, car toute son inquiétude va à sa fille. Alain, lui, reste pensif : ce qu'il partage avec sa sœur est plus fort que ce qui les sépare. Parties dans des directions différentes, leurs vies conservent ce fond commun dont ils ne se déferont jamais.

— Je n'ai plus envie qu'on vende la maison de Lumeret, reprend Pauline. Je vais t'acheter ta part et la garder. Pierre-André est d'accord. Il me prêtera l'argent nécessaire.

Ils reprennent leur marche en silence. Leurs semelles cloutées raclent les rochers. Alain cherche des traces que leur père aurait laissées, mais l'orage a tout effacé. Devant eux, imperceptible dans la brume persistante, l'aiguille triangulaire du Grand Dru impose son écrasante domination sur ce paysage minéral.

Enfin commence la véritable ascension. Le mur lisse se tient face à eux, touchant l'épaisse ouate des nuages.

— Il n'a pas pu grimper là-haut, c'est une évidence, déclare Pauline. Si on ne l'a pas trouvé avant, c'est qu'il est ailleurs.

Alain ne pense qu'à ça depuis un bon moment. Se serait-il trompé ? Non, il a suffisamment pratiqué la montagne à son corps défendant pour connaître son père.

— S'il a voulu faire une dernière bêtise, c'est ici qu'il est venu, et par le chemin que nous avons pris.

— Qu'est-ce que tu veux faire ? Tu ne vas quand même pas grimper là-haut ?

— Il a dû atteindre la vire au Piton, mais n'a certainement pas pu aller au-delà.

— Et Sophie ?

— Je sais pas. On va essayer de dormir un peu. Ou du moins de se reposer.

Ils installent le bivouac et déplient les duvets. La nuit sera douce, la brume empêchant le froid de descendre des hauteurs. Alain boit une rasade de whisky, tend sa gourde à sa sœur, qui la refuse, et s'allonge à l'abri d'une corniche, son sac sous la tête. Pauline fait de même. Au bout de quelques minutes, Alain ronfle : sa nature de montagnard a repris le dessus. La jeune femme garde les yeux ouverts, étourdie par ce silence infini auquel elle n'est pas habituée. Sophie n'est pas loin, quelque part au-dessus d'elle, c'est une certitude à cette heure. Est-elle en train de veiller le cadavre de son grand-père ? Pauline joint alors les mains, prie la Madone des nuages et sombre malgré elle dans un sommeil lourd, échappant ainsi au monde et à ses prisons.

Alain se réveille vers quatre heures du matin. Il fait sombre à cause de la brume, mais le jour pointe au loin. Il inspecte la muraille, dénombre les prises, les pitons, un chemin facile se compliquant un peu plus haut. Il a gravi ce côté de l'aiguille lorsque son père nourrissait encore pour lui les rêves les plus fous. Ce matin, pourtant, lui qui croyait haïr la montagne est impatient de se mesurer à elle, tout en sachant que sa condition physique ne l'aidera pas beaucoup.

Il endosse son sac et s'éloigne en essayant de ne pas faire crisser trop ses chaussures sur la roche. La tentation de partir seul le pousse à placer ses doigts délicats de dentiste dans la première prise hérissée de minuscules saillies tranchantes, puis il revient vers sa sœur, qui le regarde, assise près de son matériel.

— Ce serait mieux si tu restais là, lui conseille-t-il. Les secours vont forcément arriver. Et puis on touche au but.

Sa sœur regrette à présent d'être venue se perdre dans ce bout du monde. Alain attaque la première passe d'une dizaine de mètres avec un certain enthousiasme, mais il n'a plus l'agilité de l'adolescent récalcitrant qu'il a été. Son corps s'est alourdi, ses mains se déchirent sur les pierres saillantes. La douleur qu'il ressent au bout de ses doigts râpés devient insupportable, il s'épuise en mouvements inutiles et ses chaussures dérapent sur la paroi avant de trouver des prises solides ; la confrontation ne tourne pas à son avantage. Il peut tomber à tout instant, mais n'y pense pas. Son expérience lui souffle pourtant les bonnes prises, et il monte.

Pauline attend, grelottant bien qu'il ne fasse pas froid. Alain a disparu au-dessus d'elle, plus haut dans la brume qui se déchire en lambeaux éparpillés par le vent. Espérant un miracle, elle appelle Pierre-André sur son portable, mais la liaison ne se fait pas. Elle plie son duvet, s'éloigne de son sac pour se dégourdir les jambes, et dépasse un rocher qui lui bouche la vue. Son regard s'arrête alors sur de petits points sombres, en ligne, au bas de la mer de Glace. Elle n'en croit pas ses yeux mais ne cède pas à la précipitation, sachant que le glacier peut lui tendre des pièges. Toutefois, le doute n'est plus possible : les petits point sont des touristes en partance pour les Drus, ou les secours. Elle crie et agite les bras tandis que la caravane approche, et soudain l'un des individus l'aperçoit et lui fait un signe de loin.

Une heure plus tard, six secouristes de haute montagne la rejoignent. L'épreuve touche à sa fin ; on retrouvera bientôt Sophie et Lucien. Lorsqu'elle annonce aux hommes que son frère est monté aux premières lueurs du jour, ils sont déjà plus ou moins au courant.

— C'est sa femme qui nous a avertis. Elle redoutait qu'il ne fasse une bêtise, et elle n'avait pas tort.

— Il connaît un peu, répond Pauline. Notre père voulait en faire un guide et l'a souvent emmené grimper avec lui.

— Raison de plus pour ne pas se lancer dans une ascension trop risquée pour qui n'est pas entraîné ! s'indigne l'un des secouristes.

Pauline hausse les épaules. Il n'est pas question d'entraînement, mais de tout autre chose. Toutefois, l'expliquer à des étrangers n'aurait aucun sens. Les hommes se préparent rapidement pour l'ascension, vérifiant leur matériel en bons professionnels, ne laissant rien au hasard.

— Le temps est en train de se lever, dit l'un d'eux en ajustant ses lunettes. Il faut qu'on monte vite ; l'hélicoptère va pouvoir décoller. Espérons qu'il n'y aura pas eu trop de grabuge là-haut.

Parmi eux, un médecin s'étonne que Lucien ait pu réaliser un tel exploit.

— Vous êtes vraiment sûre qu'il a grimpé là-haut ?

— Croyez-moi, s'il était ailleurs, on l'aurait retrouvé depuis longtemps.

— Bon. Première mission : porter secours à Alain Bessette. Après, on verra.

— Vous avez des nouvelles de ma fille ? demande Pauline avec une voix pleine d'anxiété.

— Non, mais la gendarmerie interroge toujours les dealers du Val-Bleu.

Avant de monter, les secouristes proposent nourriture et boisson à Pauline en attendant que l'hélicoptère vienne la chercher, puis ils s'élèvent lentement mais aisément, et disparaissent dans les hauteurs.

Après avoir pris un peu de repos sur la deuxième corniche, Alain a poursuivi son ascension sur la partie en forte pente jusqu'au lisse suivant. Ses mains de citadin sont en sang, mais il ne peut les protéger dans des gants car il ne sentirait plus les prises. Ses bras sont moulus ; ses jambes ont du mal à le tenir. Il tente de récupérer en buvant à petites gorgées un peu de whisky. Compte tenu des difficultés qu'il rencontre lui-même, il doute que son père ait pu le devancer sur cette voie. Ferait-il fausse route ?

Il s'apprête à repartir lorsque, venue du ciel brumeux, une voix d'enfant ou de jeune fille arrive à ses oreilles. Il lève la tête et perçoit nettement un appel au secours. Sophie ?

Il crie à son tour, les mains en porte-voix. La montagne multiplie son appel et l'emporte au loin. Au-dessus de lui, c'est de l'escalade pure, de la roche abrupte et friable.

L'alpiniste inexpérimenté hésite, puis se décide, grimpe peu à peu, commettant l'incroyable imprudence de ne pas s'attacher. Rien de plus simple, pourtant : un clic de mousqueton sur l'anneau rouillé d'un piton. Mais il a la tête ailleurs, comme s'il était là pour se punir.

À la marche suivante, minuscule mais suffisante pour reprendre son souffle, il ne peut s'accroupir et doit rester debout collé contre la roche humide. Haletant, il n'ose pas baisser les yeux vers le vide qui devient vertigineux avec la dissipation des brumes. Il entre à présent dans le domaine des grands rapaces, qui sifflent pour signaler l'intrus.

La voix s'est tue. Qu'est-ce que cela signifie ? Il reste un instant aux aguets, puis crie :

— Sophie !

Mais le son de sa voix est couvert par le grondement d'une avalanche de pierres. Il rentre la tête dans les épaules et attend que le silence revienne, minéral, hostile. La passe à franchir fait près de vingt mètres, avec un surplomb en bout de course. Il hésite à s'y engager : il a les articulations en feu, les doigts en sang. Pourtant, il ne peut renoncer, se renier, laisser en lui la place à un remords qui jamais ne le laisserait en paix.

Cinquante mètres au-dessus à peine, Sophie n'a pas entendu l'appel d'Alain, couvert par l'éboulement de rochers, une pluie de blocs qui se brisaient contre la paroi, éclataient en cailloux, se dispersaient en gerbes meurtrières. Le dégel détache ainsi des pans entiers de montagne ; en principe, les lignes de montée se trouvent en dehors des coulées.

Penchée sur son grand-père, la jeune fille fume cigarette sur cigarette pour se donner du courage, mais une peur glaciale paralyse toujours son corps épuisé. Inconscient, Lucien respire de plus en plus difficilement. Par instants, ses yeux s'ouvrent sur un regard blanc, puis se referment. De la bave coule encore de sa bouche entrouverte. Sophie caresse le front ridé, les cheveux blancs en épis, les joues plates et rugueuses. *Il va mourir*, pense-t-elle, *il va mourir dans mes bras !* La présence tangible de la mort a lavé son propre corps de ses dernières tendances perverses. Elle n'a pas mangé depuis un jour et demi mais n'a pas faim.

Les heures passent et la chaleur augmente, malgré la brume, qui commence enfin à se lever. Par moments, le soleil passe entre des nuages étincelants, annonciateurs de foudre. La jeune fille étend son anorak sur le corps et le visage du vieil homme et glisse de temps à autre le goulot de la gourde de gnôle entre ses lèvres desséchées.

Un appel, une voix humaine juste au-dessous la fait sursauter. Est-ce possible ? Qui pourrait l'avoir repérée alors que la brume a éloigné l'hélicoptère des aiguilles ? Le cœur battant, elle tend l'oreille, redoutant qu'il ne s'agisse du bruit du vent s'engouffrant entre les rochers. Mais non, la voix l'appelle de nouveau par son nom, et un bruit de piolet élargissant une prise lui indique que les secours sont proches. Elle se penche sur son grand-père et lui crie :

— On est sauvés, Lucien, arrête de faire ta tête de mule !

Mais il n'a pas entendu. Là où il est, les secours n'ont plus d'importance. Une tête dépasse du bord de la corniche, puis deux mains s'agrippent, et un homme se hisse alors lentement à son niveau. Lorsqu'il se dresse devant elle, Sophie a envie de se jeter dans les bras de son oncle, mais il ne perd pas de temps. Voyant que sa nièce va bien, il se penche vers son père. Une autre personne arrive ; ils sont déjà trop nombreux sur cette petite aire de repos, alors que le sourd ronflement d'un hélicoptère se fait entendre.

Lucien s'en tire encore une fois, et, encore une fois, à l'hôpital de Chamonix, les médecins s'étonnent de l'incroyable résistance de ce vieil homme noueux, et saluent son exploit : il a gravi le tiers de la face sud-ouest du Petit Dru, ce qu'un homme de trente ans non entraîné n'aurait pu faire.

Lorsqu'il se réveille, le vieillard récalcitrant a l'impression de revenir de très loin. Ses enfants sont assis côte à côte près du lit. Il voit d'abord Pauline, dont il confond un instant le visage aux cheveux courts avec celui de Claire. Puis ses yeux se tournent vers Alain, qui lui semble bossu. Son fils et sa fille sont là, mais il manque quelqu'un.

— Et la gamine ?

— Elle va bien, t'en fais pas, lui répond Pauline avec un sourire qu'il ne lui a pas vu depuis longtemps. Elle est partie dans une établissement spécialisé pour soigner son vilain défaut.

— Qu'est-ce qui s'est passé ?

— Alors comme ça tu ne t'en souviens pas ? s'emporte Alain. Eh bien, nous, on n'est pas près d'oublier ! Mais qu'est-ce qui t'a pris de faire ça ?

— Qu'est-ce que tu veux dire ?

— Franchement, intervient Pauline, voyant son père se renfrogner, tu ne changeras jamais ! Mais qu'est-ce que tu allais foutre sur cette aiguille ?

Le vieil homme secoue la tête. Sa mémoire demeure vide ; il ne se rappelle qu'une main très douce lui caressant les joues et le front. Il sait surtout qu'il a échoué, et que tout est à recommencer.

— Qu'est-ce qui t'est arrivé ? demande-t-il en remarquant les mains bandées de son fils.

— Rien, je me suis pris un meuble sur les doigts en voulant le déplacer.

— Ça m'étonne pas, t'as toujours été maladroit, et pas bricoleur pour un sou !

Alain peine à tenir debout tant ses jambes lui font mal. Son imprudence était démesurée, mais il ne la regrette pas. La montagne, qu'il détestait à dix-huit ans, lui a montré un visage serein, débarrassé de l'absolutisme de son père, et lui a plu.

— Bon, je te laisse. Anne passera te voir ce soir, dit-il en ouvrant la porte. Pour la maison de Lumeret, ajoute-t-il en se retournant, rassure-toi. On ne la vend pas.

— Je vais la garder, poursuit Pauline.

— Qu'est-ce que tu vas en faire ?

Bizarrement, Lucien s'aperçoit qu'il n'est pas particulièrement attaché à cette maison. Il voulait la garder pour ses animaux, et parce que c'était un lieu de liberté. Il se renfrogne.

— Ça ne te fait pas plaisir ? lui demande la jeune femme.

— Si, bien sûr ! répond-il en fermant les yeux, comme s'il boudait.

— En tout cas, j'espère que tout ça te servira de leçon, et que tu te tiendras à carreau, dorénavant ! ajoute-t-elle dans un mouvement de mauvaise humeur.

Le vieil homme ne répond pas. Des images défilent dans sa tête, et notamment celle d'une cordée, floue. Puis un orage d'été, et la foudre qui frappe un piton rouillé impossible à arracher.

— Mon pauvre Tony, murmure-t-il.

Pauline et Alain quittent la pièce pour le laisser se reposer. Leur père semble faible, mais comment distinguer chez lui la feinte de la réalité ? Lorsque le Dr Marchaud vient l'examiner, le vieillard entrouvre un œil.

— Alors, comment ça va ?

— Comme quelqu'un qui n'attend plus rien.

— Mais non, ne dites pas ça, lui répond le médecin sur un ton de reproche. Vous êtes encore costaud, la preuve !

En réalité, Marchaud pense que le vieux Bessette n'a plus longtemps à vivre. Lorsque ce sera nécessaire, il lui administrera des calmants, afin qu'il puisse s'en aller sans douleur, naturellement, comme quelqu'un qui s'endormirait.

Dix jours passent et, une fois de plus, Lucien surprend les spécialistes. Son état s'est amélioré, et il ne garde aucune séquelle de son expédition sur les Drus. Il peut à nouveau se lever et marcher dans le grand hall de l'hôpital.

— M. Bessette est d'une constitution à toute épreuve ! s'exclame le Dr Marchaud. Son désir de vivre est exemplaire !

Parfaitement remis, le vieil homme s'apprête à quitter l'hôpital, où il passe de longues heures à la fenêtre car il s'ennuie. Alain lui a loué une télévision et Pauline lui a apporté des livres, mais le vieux guide n'aime pas lire des « bêtises », et la télé lui donne des maux de tête.

Enfin, un soir, vers six heures, celle qu'il attendait arrive enfin : lorsque la gamine entre dans la chambre, il pousse un cri de joie qui s'entend jusque dans le couloir. Il lui tend les bras, et elle le regarde de ses yeux clairs, les mêmes que les siens.

— Alors, Lucien, comment tu t'en tires ?

— Bah, si tu les écoutais…

Il approche une chaise de la jeune fille et s'assoit sur le rebord du lit.

— C'est de la vieille mécanique, fait-il en portant sa main droite à sa poitrine, mais elle est de bonne qualité. Fabriquée en un temps où on faisait encore du solide.

Il rit de ce petit rire d'enfant, presque naïf, qui cache une rouerie sans bornes, puis ajoute :

— Il faut que je te parle.

Sophie l'étreint avec émotion. Sa cure de désintoxication l'a détachée de l'héroïne. Désormais libre, elle a fait la paix avec sa famille et projette de reprendre des études.

— C'est ta folie qui m'a ouvert les yeux. Tu as eu raison de m'emmener dans un lieu où les tentations n'avaient pas de place. C'est ce qui m'a sauvée !

— J'ai toujours raison ! affirme le vieillard avec un grand sérieux. Mais si toi tu as avancé, moi, j'en suis toujours au même point… Il faut que je te dise pourquoi je voulais monter là-haut. C'est un secret.

Lucien se gratte les cheveux. De nouveau sans casquette, il ne se sent pas à l'aise ; ce grand menteur ayant toujours besoin d'un paravent pour cacher sa mauvaise conscience surtout au moment où il s'apprête à dire la vérité.

— Tu me l'as déjà expliqué : tu voulais monter pour voir ta tête dans le bleu du ciel.

— Non, en fait, c'est là-haut que j'ai demandé à ta grand-mère de m'épouser. Tout près de la Madone, il y a une de ces fleurs de neige qui poussent où il gèle toute l'année. Claire en a cueilli deux ; une pour moi, une pour elle.

Il s'interrompt un instant et ferme les yeux, tout à son souvenir.

— L'automne dernier, peu avant de mourir, elle m'a pris la main et m'a dit : « Regarde dans mon sac, sur la chaise, il y a mon porte-cartes. » J'ai ouvert le sac et pris le petit étui qui se trouvait à côté de la photo de nos enfants. Là, j'ai trouvé une fleur séchée. C'était sa fleur de neige, cueillie au pied de la madone. Et tu sais ce qu'elle m'a demandé ?

— Non, répond Sophie, émue.

— De glisser la fleur sur sa poitrine pour qu'elle puisse l'emporter. Ensuite, elle a dit : « Tu feras pareil avec la tienne, hein, tu le feras ? » Je lui ai répondu oui, elle a souri et elle est morte. Seulement, la mienne, de fleur, elle est partie en poussière depuis longtemps à cause de mes conneries. Tu penses bien qu'avec Marie j'avais autre chose à penser !

Debout près de la chaise face à ce grand-père à présent plus petit qu'elle, Sophie, grave, n'en croit pas ses oreilles. Voilà donc pourquoi ils ont risqué leur vie !

— Je ne peux pas mourir comme ça ! Imagine que j'arrive là-haut sans la fleur, ils vont me rigoler au nez !

— Tu nous as toujours dit que tu ne croyais en rien.

— C'est vrai, je crois en rien. Mais quand même, avec cette fleur, je ferais un mort plus acceptable, tu comprends ?

— Oui.

— T'as vu quel fier grimpeur je fais ! Monte m'en chercher une, après j'aurai l'esprit tranquille. Va trouver mon copain, Armand Dubos. Lui et moi, on est comme les doigts de la main. Bon, c'est vrai, il a refusé de monter avec moi, et il avait peut-être raison. Mais son fils Bernard est déjà un fameux varappeur. Il est à peine plus vieux que toi et il attend d'avoir l'âge pour être nommé guide. Il fait le porteur, mais tout le monde dit que c'est le meilleur. C'est à lui que je veux donner mon matériel. Tu ne lui diras pas la vérité, il se moquerait de toi. Tu trouveras bien quelque chose…

Sophie acquiesce d'un signe de tête et sort sans rien ajouter. Alors qu'elle traverse le parking de l'hôpital, une voix l'appelle. Appuyé contre la portière d'une voiture, un jeune homme lui fait des signes.

— Sophie ! Content de te retrouver. J'ai appris par le journal…

Cédric lui tend les bras ; elle recule d'un pas et observe ce grand échalas au visage ingrat. Comment a-t-elle pu croire l'aimer ?

— Qu'est-ce qui te prend ? Je suis plus ton mec ?

— Barre-toi. Je veux plus jamais te voir, c'est compris ?

— Alors, tu m'aimes plus ?

— Je ne suis pas sûre de t'avoir aimé un jour.

Elle lui tourne le dos et s'éloigne, mais Cédric la rattrape et l'arrête.

— Qu'est-ce qui te prend, Sophie ? Sans toi, je suis perdu, tu sais.

— C'est ça ! Fous-toi de ma gueule, en plus ! Allez, casse-toi, je te dis !

Elle se libère de son emprise et regagne son scooter, que son père a récupéré et fait réparer.

— Tu sais qu'il pourrait t'arriver des choses…, entend-elle vaguement.

— Je n'ai plus peur.

Elle coiffe son casque, qui la rend méconnaissable, et s'éloigne. Cinq minutes plus tard, elle se présente à la porte d'Armand et Marie Dubos.

— Bonjour, je suis la petite-fille de Lucien, dit-elle. Je voudrais monter prier la Madone au Petit Dru pour la remercier de m'avoir sauvé la vie. Il me faudrait quelqu'un pour m'accompagner.

Armand a beaucoup regretté d'avoir éconduit Lucien. Il n'avait pas compris l'importance de sa démarche. Le vieux porteur n'a pas changé d'avis, non, jamais ils ne seraient arrivés au sommet, mais sa place était auprès de son ami en danger, comme toujours.

— Faut voir…

— J'ai promis à mon grand-père de le faire, insiste Sophie, comprenant que le vieil homme attend plus d'explications. C'est lui qui m'envoie.

— On va téléphoner à Bernard, intervient Marie, qui trouve Sophie ravissante. Il donne un coup de main au bureau des guides, à Chamonix. En cette saison, le travail ne manque pas !

— Je vais aller le voir moi-même, répond l'adolescente en se dirigeant vers la porte.

Le bureau est à quelques pas. Lorsqu'elle entre dans la pièce pleine d'employés accrochés au téléphone, la première personne qu'elle voit est un jeune homme brun au regard très sombre. Elle s'arrête net, et une curieuse sensation l'étreint, bloquant ses pensées et ses mouvements. Une impression de ne plus toucher le sol, de flotter, lui fait ouvrir la bouche comme pour retrouver de l'air. D'étranges flammes lui brûlent la poitrine, répandant dans son corps une délicieuse douleur. Sophie sursaute : une femme l'interpelle. Elle revient sur terre, et son esprit réintègre son corps déserté.

— Je viens voir Bernard Dubos, bredouille-t-elle.

— C'est moi, dit le jeune homme aux yeux sombres.

À lui aussi, l'émotion colore les joues. Il a entendu parler de Sophie Lamotte, la fille du notaire de Saint-Gervais, de ses frasques, de son escapade avec Lucien. Déjà, sur les photos, elle lui avait plu, mais il ne s'attendait pas à ce chambardement intérieur. Il lui semble tout à coup se trouver face à quelqu'un qu'il a toujours connu.

— Voilà, annonce Sophie d'une voix hésitante, je voudrais faire le Petit Dru.

— Je ne suis pas encore guide, je ne peux pas... Mais inscrivez-vous ici et on vous trouvera un créneau...

La jeune fille baisse les yeux

— C'est avec vous que je veux le faire.

Bernard l'invite discrètement à prendre un verre à L'Escalade. Ils traversent la rue sans un mot et entrent dans le bar où les premiers touristes de la journée prennent l'apéritif.

Ignorant les regards, les deux jeunes gens s'assoient face à face et se dévisagent en silence, sans retenue, sans la moindre pudeur. Sophie n'a jamais ressenti cet indéfinissable tumulte, ce mélange de bonheur absolu et de profonde angoisse.

— Il faut que vous m'emmeniez. Mon grand-père me l'a demandé. Il m'a dit que vous étiez le meilleur.

Ce compliment venu d'un guide comme Lucien Bessette touche beaucoup Bernard.

— On peut toujours, répond-il, mais c'est très difficile. Vous en savez quelque chose !

— Justement, je ne veux pas rester sur un échec.

— La météo n'est pas sûre. Il faut attendre encore un peu.

— Je vous fais confiance.

Cette année, l'été est chaud et lumineux. Les orages de la fin du mois de juin et du début du mois de juillet ont épuré le temps et, dans le village des Houches, les agriculteurs commencent à se plaindre de la sécheresse. Beaucoup y voient la marque du réchauffement climatique. Les guides de Chamonix, eux, se disent que, si la mer de Glace continue à fondre, la traversée de la moraine jusqu'aux aiguilles prendra deux fois plus de temps. Et les saisonniers vivant de la neige s'inquiètent : ils ne pourront pas alimenter indéfiniment les pistes avec ces canons qui font considérablement baisser le niveau des eaux vives.

Assis sur la chaise blanche à côté de son chalet, Lucien Bessette regarde sa pierre de nuit, dont les étoiles scintillent sous le soleil de cette fin d'après-midi. Sa canne près de lui, il respire les bonnes odeurs de l'été. *Respirer peut être un plaisir infini pour qui n'a rien de mieux à espérer.* Couché dans l'allée, Galopin se chauffe au soleil tandis que, dans son enclos, Molette tend les oreilles vers la maison et brait de sa voix langoureuse d'âne solitaire.

Mon Tony me manque ! pense le vieil homme en se levant pour aller jusqu'au four. Il inspecte le tas de bois, les fagots de taillis qui servent à démarrer le feu, ainsi que les bûches qui entretiennent la chauffe ; tout est prêt pour faire du pain. *Je vais les inviter tous, même ceux qui me cassent les pieds. On trinquera, ce sera sûrement la dernière fois !*

La dernière fois ! Lucien ne cesse de dire qu'il est mourant ! Pourtant, Pauline, à présent installée à Lumeret, sait que son père est encore solide. D'après le Dr Marchaud, s'il suit son traitement, il peut tenir encore longtemps. À condition de ne pas boire trop de vin et de se contenter de deux ou trois cigarettes par jour.

Ce sujet agace toujours autant le vieil homme. *Si tu les écoutais, ils te priveraient de tout et tu vivrais cent ans avec tes envies insatisfaites !* Mais, depuis ce matin, il attend Il a fait ses calculs et pense que Sophie devrait être revenue avant la nuit. *J'espère que ça s'est bien passé avec le Bernard Dubos. Paraît qu'il a un caractère de cochon. Et la gamine est pas facile !* Il sourit, tout heureux d'imaginer des disputes.

Vers six heures, Alain et Anne arrivent. Depuis que Lucien a appris comment son fils s'était abîmé les mains, il passe son temps à se moquer de lui.

— Je me demande où tu es allé chercher ces mains de beurre ! lui dit-il pour l'accueillir. Les vrais Bessette sont solides de partout.

— Vous êtes content de votre nouvelle vie ? lui demande Anne.

— Bah, c'est pas comme à trente ans, mais bon…

— De quoi tu te plains ? s'emporte Alain, qui a retrouvé son animosité ordinaire à l'égard de son père. Tu ne voulais pas retourner aux Prés d'Or. Tu es ici, chez toi, alors… Qu'est-ce qu'il te faut, encore ?

— Et si je crève dans un coin, seul comme une bête ? objecte le vieil homme en levant vers son fils un regard plein d'affliction.

— Tu te fous de moi ? Et Pauline, elle n'est pas là, peut-être ? Tu te rends compte de tout ce qu'on a fait pour toi ? Tu pourrais au moins te montrer reconnaissant !

— Voyons, Alain ! s'insurge Anne.

Elle n'aime pas que son mari hausse le ton.

— T'en fais pas, répond Lucien, usant de sa voix de vieillard opprimé, je ne vous embêterai pas longtemps ! Je crèverai sans bruit. Et pour ne pas faire de dérangement j'irai même me cacher !

Alain éclate de rire, et sa femme ne peut s'empêcher de sourire à son tour, même si elle ne veut pas vexer son beau-père, qui allume une cigarette en guise de consolation. Pauline arrive avec un plateau chargé de bouteilles et de verres qu'elle dépose sur la table à l'ombre de la charmille.

— Venez vous installer ici, dit-elle. Et arrêtez donc de vous disputer.

Comme on ne s'occupe pas de lui, Lucien traîne les pieds pour rejoindre les autres, et tous s'installent autour de la table. Personne ne pose de questions sur Pierre-André, mais tout le monde y pense. Ce soir, cet intrus dans la famille Bessette manque, et Alain finit par demander de ses nouvelles.

— Il a beaucoup de travail, répond sa femme. Comme son père ne veut pas prendre un second clerc, c'est Pierre-André qui s'appuie tout le boulot.

Toujours égal à lui-même, Lucien a son avis sur tout. Lui qui n'avait pas de mots assez durs contre ce « notaire au vinaigre » se sent à présent obligé de dire :

— Bah, c'est pas un mauvais cheval !

Pauline lui adresse un regard interrogateur. Chaque fois que son mari vient à Lumeret, le vieillard rancunier fait la tête et se réfugie dans son chalet. Son père aurait-il enfin changé d'avis ?

Une voiture arrive en trombe et s'arrête à deux pas de la charmille.

— Non mais pour qui il se prend, celui-là ? rouspète Lucien. S'il pouvait, il monterait sur la table !

Mais le vieil homme se ravise très vite et son visage s'éclaire lorsqu'il voit Sophie et Bernard Dubos descendre du véhicule. Tous les regards se tournent vers la jeune fille, radieuse et tellement belle depuis que son visage n'affiche plus un air renfrogné. Elle embrasse tout le monde sans répondre aux questions, puis Bernard regarde Lucien droit dans les yeux.

— Franchement, ç'a été une belle course ! dit-il.

Sophie lui prend la main et dépose un baiser sur ses lèvres.

— Les Drus, c'est magique !

— Oui, une sacrée course ! Et Sophie fera une fameuse... Comment on dit, s'inquiète Bernard en se tournant vers elle, une « guide » ?

— Je crois qu'il n'y a pas de féminin.

— Alors il faudra en trouver un parce que, la montagne, c'est son affaire !

Lucien voudrait bien s'en mêler, pourtant l'émotion l'en empêche. Alors que ses yeux se mouillent, il abaisse sa casquette. Mais ses lèvres tremblent, et la gamine vient près de lui.

— Lucien, tu m'as rendu un grand service en m'emmenant là-haut.

— Bah, mais qu'est-ce que tu racontes ? Tu ne peux pas faire de montagne ! Ce n'est pas pour les femmes !

— Eh bien, je serai la première.

— Les gens ne te feront pas confiance... Un guide femme, franchement, c'est pas sérieux !

— Si, c'est sérieux, réplique Bernard. Sophie a vraiment beaucoup de qualités. Ce n'est pas la petite-fille de Lucien Bessette pour rien !

— Qu'est-ce que tu me chantes là ? Moi, on me la fait pas ! Les Drus, je connais...

Sa voix vacille, son menton tremble, il a la gorge nouée.

Sophie sort alors de sa poche un petit paquet et le lui tend.

— C'est pour toi !

Il avale son verre et en réclame un autre. Pauline se tourne vers Alain, comme pour lui demander la permission de resservir le vieil homme, mais celui-ci s'empare de la bouteille et se verse une bonne rasade de pastis.

— Pas la peine d'essayer de me monter le coup, dit-il en haussant le ton. J'ai bien vu que vous en aviez tous pris deux fois. Vous croyez quand même pas que le vieux va se laisser crever de soif comme un pauvre malheureux ! Qu'est-ce qu'elle vous a dit, la Madone ? demande-t-il après un silence à Sophie, qui s'est assise près de lui sur le banc.

— Peut-être qu'elle nous a dit la même chose qu'à toi, quand tu es monté avec grand-mère, répond la jeune fille en riant.

— Alors elle déparle, conclut Lucien, en proie à une émotion qu'il ne peut cacher.

— Oui, reprend Bernard. Là-haut, au pied de la madone, Sophie et moi on s'est dit que…

Le jeune homme hésite ; tous les yeux sont braqués sur lui.

— On s'est dit qu'on allait faire beaucoup de montagne ensemble ! l'interrompt Sophie.

C'en est trop pour Lucien. Il se lève et s'éloigne. Voilà qu'il pleure !

Enfin, après être allé caresser Molette, il réapparaît.

— Doucement ! dit-il d'une voix tremblante qui se voudrait assurée. La montagne, c'est du sérieux !

Il se rassoit et tourne vers sa petite-fille un regard plein de malice.

— Au fait, cette fleur de neige, comment qu'on l'appelle, déjà ?

— C'est un edelweiss, une plante protégée. On n'a pas le droit d'en cueillir. Mais, comme tu vois, j'en ai quand même ramassé un pour toi. Et, pour me faire pardonner, j'ai monté un petit sac de bon terreau que j'ai déversé au pied de la plante.

— Tu dis comment ?

— Un edelweiss.

— En voilà un nom ! C'est du chinois ?

Tout le monde éclate de rire. Vexé, Lucien s'éloigne. Rien ne le contrarie plus que de ne pas avoir le dernier mot.

Composé par Nord Compo Multimédia
7, rue de Fives, 59650 Villeneuve d'Ascq

Cet ouvrage a été imprimé en France par

CPI
BUSSIÈRE

à Saint-Amand-Montrond (Cher)
en mai 2010

N° d'édition : 4630/02 – N° d'impression : 101676/1
Dépôt légal : juin 2010
Suite du premier tirage